生徒会の十代

碧陽学園生徒会議事録10

葵せきな

口絵・本文イラスト　狗神煌
口絵・本文デザイン　須貝美華

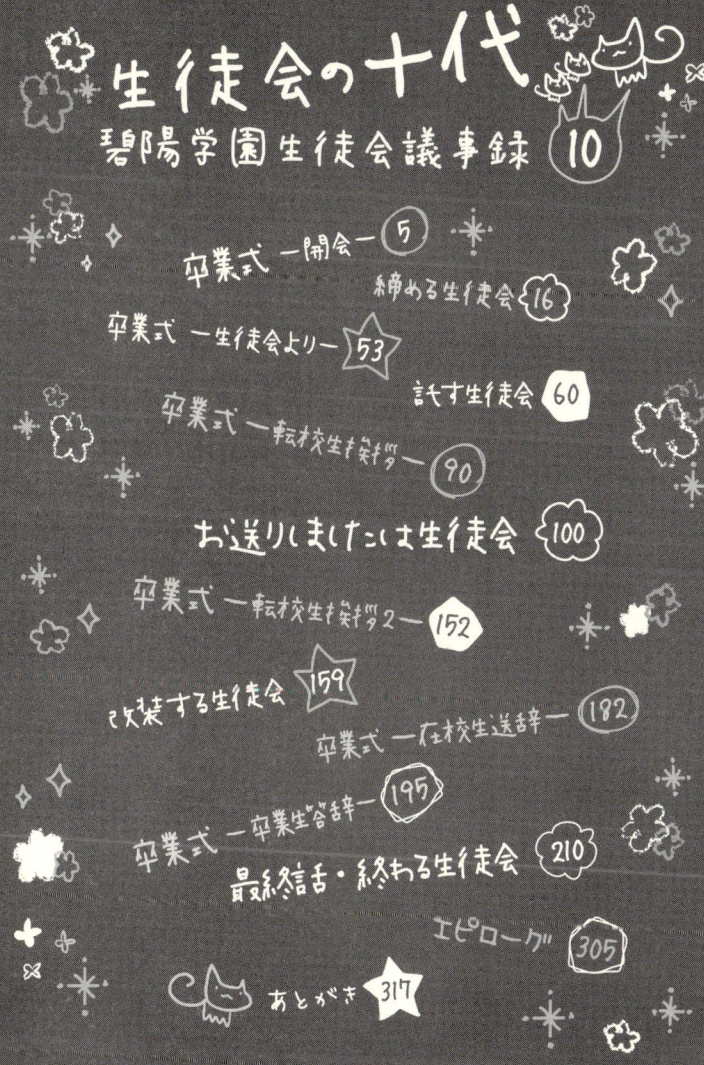

生徒会の十代

碧陽学園生徒会議事録 10

【卒業式――開会――】

＊　碧陽《へきよう》学園体育館にて。厳《おごそ》かな空気で着席する全校生徒達。そしてその左前方、マイクスタンドのある位置にスタスタと歩み寄る金髪《きんぱつ》の女生徒。数秒のマイクテスト後、体育館内に拡大された彼女のハスキーな声が響《ひび》き渡《わた》る。

これより、第五十二回私立碧陽学園高等学校、卒業式を始めさせて頂きます。

ちなみに。

司会を務めますのはこのわたくし、新聞部名誉《めいよ》部長・藤堂《とうどう》リリシアその人ですわー！

おーほっほっほっほっほっほ！

ちょ、ちょっとなんですの桜野《さくらの》くりむ！　貴女《あなた》の出番はまだ先ですわよ！　なぜマイクを奪《うば》おうとするんですの！……く、この、しつこい、いーやーでーすーわー！　わーたーくーしーが、やーるーんーでーすーのー！

ぜぇ、ぜぇ。

まったく、しつこかったですわね。いいじゃないですの、そもそも司会をうちの隠《かく》れ部員の一人に任せてしまったのが運《うん》の尽《つ》きですわ。こんな面白《おもしろ》い話、名誉部長として取り上げないわけにはいかないでしょうに。

……あ。こほん、失礼いたしましたわ。ごめんあそばせ。

とにもかくにも、卒業式、始めますわよー！

いぇー！

……あ、今のは普通《ふつう》にテンション間違《まちが》えましたわね。こほん。桜野くりむが全部悪いということで、ここはひとつ。

というわけで、えーと最初はなんでしたっけ。ちょっと待って下さいませ、今プログラム読みますわね。……ふむふむ。……うんうん。……あ、ここら辺のくだりはつまらなさそうなので全部カットですわね。……ふむふむ。あ、この挨拶《あいさつ》は代わりに姉妹にやらせまして、と。……よし。

お待たせしましたわ！　これより「卒業式・ディレクターズカット版」を始めますわ！

というわけで、まず当初予定されていました理事長による挨拶はつまらなさそうなのでカットということで。

……え、な、なんですの紅葉知弦《あかばちづる》。そんな怒《おこ》った顔して……い、いいじゃありませんの、どうせつまらないですわよ、理事長挨拶。ね、理事長？　ほら理事長自身「そうだねー」と穏《おだ》やかな顔でおっしゃって下さってますわよ！

え？……し、仕方ありませんわね。では理事長、一言だけ。あくまで一言だけ、どうぞ。

＊

促《うなが》されて体育館前方の舞台上《ぶたい》に現れる、穏やかな顔をした壮年《そうねん》の男性。数度礼をした後、舞台中央のマイクに向かい、雰囲気《ふんいき》に似つかわしくないほど砕《くだ》けた口調で語り出す。

はいどうも、理事長です。えー、私は長年教職に携《たずさ》わってきたわけではないのですが――と、これ長い？　長い。まきで？　あそう。じゃ大幅《おおはば》にカットさせて頂きまして。

なにはともあれ、私は今、この卒業式を皆《みな》さんと一緒《いっしょ》に迎《むか》えられたことを本当に光栄に思っております。

これまでの人生で私にもいくつかの成功、そして挫折《ざせつ》がありましたが、今この時ほど穏やかで幸せな心持ちになれたことはありません。

本日卒業される皆さんにおかれましては、どうか、胸を張ってこれからの人生を歩んで頂きたいと願っております。君達は——あ、はいはい、では新聞部名誉部長さんがせっつくので、これぐらいで。

＊　一分にも満たないような挨拶だけで壇上《だんじょう》から降りる理事長。司会、理事長が歩いている間にも構わずさくさくとプログラムを進行させる。

はいはい、ありがとうございましたですわ理事長。意外といい感じでしたわよ。褒《ほ》めてつかわしますわ。

えーとでは、次に……と。

《ガラガラガラ！》

＊　突如《とつじょ》体育館の扉《とびら》が勢い良く開かれ、生徒達一同の視線が集まるが、同時にその場の全員がどこか安心したような表情を見せる。

ちょっと、誰《だれ》ですの！　卒業式はもう始まって——って、ああ、貴方《あなた》でしたか。まったく……あんまり世話かけるんじゃありませんわよ。貴方が居ないと、何も始まりませんんでしょう。とにかく、義理は果たさせて頂きましたわよ。時間は多少稼《かせ》いであげましたわ。

……え？　ああ、確かに始まってしまってますが、安心して下さいな。

基本、理事長のどうでもいい挨拶だけでしたわ、こなした行程は。

ええ、だから安心して着席して下さいな。ふふ、そんなに安心しましたか。良かったですわね。……ところで理事長、どうかされましたか、そんな項垂《うなだ》れて。体調悪いですか？　正直もう出番無いので、退席なさって結構ですわよ？　え、居る？　居させてほしい？　仕方ありませんわね。ちょっと邪魔《じゃま》ですが許可致《いた》しますわ。

さて……では、どうしましょうね。理事長の挨拶短縮しましたので、時間が余った分……折角なので、同じ教職員として、真儀瑠《まぎる》先生どうぞ。

？　何を戸惑《とまど》ってらっしゃるのですか？　予定にない？　いいじゃありませんの。理由？　そんなの、教職員の中では一番面白コメントが期待出来るからですわ。

さ、張り切ってどうぞ！

＊　司会に促され、無理矢理気味に壇上に上げられる真儀瑠教諭《きょうゆ》。ぎこちなく礼をしたの

ち、マイクに向かって語り出す。

あー、えーと、どうも、真儀瑠紗鳥《さとり》だ。国語教師だ。……生徒会顧問《こもん》でもあり……な、なあ藤堂、これ私は一体なんの立場で挨拶を――あ、はいはい、分かった分かった、やるから、やるから。そんなヒステリックに叫《さけ》ばんでも……。

えーと、じゃあここでは、教師としてではなくて、真儀瑠紗鳥という、一人の人間として挨拶させて貰《もら》おうと思う。

こほん。……変な話して、申し訳ないんだが。

私は、卒業という考え方に、長らく否定的だったところがある。

というのも……こういうめでたい場で話すことではない気はするが……折角なので語らせて貰うと、昔、大事な友人を亡《な》くしたことがあってな。

別にそれ自体は納得《なっとく》いっているというかな……あー、色々面倒《めんどう》な話なんだが、周囲もちゃんと心の準備できてからの別れでは、あったんだ。

そういう意味じゃ、それはこの世界からの「卒業」と言える別れでな。

……うん、さっきも言ったけど、納得は、してたんだ。

笑顔《えがお》で、送って、やれたんだ。

それも、嘘《うそ》じゃなかったんだ。

でもな。


やっぱり……やっぱり、後で、少し、泣いたよな。そりゃ……な。


あー、すまん。しんみりさせたいんじゃないんだ。かぁー……やっぱりこの話題は未《いま》だにうまく話せんなぁ。すまんな、未熟な教師で。

つまり、卒業という言葉に私は、他《ほか》の人よりも悲しみの成分を多く感じていたところがあるというのか？　正直あまりいいイメージはなかったわけだ。

そのハズなんだけど……な。


今日、この碧陽学園での卒業式に立ち会っている私の心は、とても不思議なことに、笑みさえ零《こぼ》れてしまう程のワクワクで満ちているんだ。

なんでだろうな……うまく説明は、出来ない。だけど、今まで「卒業」に抱《いだ》いていた悲しいイメージは、驚《おどろ》く程綺麗《きれい》に払拭《ふっしょく》されているんだ。

別れじゃなくて。

始まりに、思えるように、なったんだ。

本当に、どうしてなんだろうな。私にも詳《くわ》しくは分からんよ。

でも、ずっと接してきたお前達が、この学校を出て大学や社会で活躍《かつやく》している姿を想像すると……嬉《うれ》しくて嬉しくて、仕方無いんだ。ぴかぴかに磨《みが》いた自慢《じまん》の秘蔵コレクションを、ようやく他人に見せびらかす機会が来たっていうのが近いかな。

私は、自慢が大好きだからな！

だから……あー、国語教師なのにだらしなくてごめんな。例の友人にまつわる話のような、本当に大事なことを言葉で伝えられるようになろうとこれまで努力してきたんだけど……駄目《だめ》だ、一言や二言じゃやっぱりまだ語り尽くせないな。

と、とにかく、お前達がこの学園を卒業することを、私はとても喜ばしく思う！

安い使い古された言葉になってしまうが……真剣《しんけん》に気持ちを込めて言わせてくれ。

卒業は、別れじゃない。新たな旅立ちだ。

今は、心から、そう、思っているよ。……悪いな、気の利《き》いたこと言えなくて。でもそれが今の私の、偽《いつわ》りのない気持ちだから。

だから……皆《みんな》、今日というこの素晴《すば》らしき日を、心に刻んでいってくれ。

私からは、以上だ。

最後に、お前ら、本当に卒業おめでとう！

＊　会場から自然と拍手《はくしゅ》が沸《わ》き上がる。真儀瑠紗鳥が照《て》れ臭《くさ》そうにそそくさと舞台を降りると、司会が溜息《ためいき》交じりに進行した。

以上、真儀瑠先生からでした。

……ふぅ。なんか茶化す気分でもなくなってしまいましたわ。まったくホントに——いい先生ですわね、貴女は。

では、完全に役者も揃《そろ》いましたことですし、丁度いいタイミングですので、ここで改めてわたくし達「らしく」宣誓《せんせい》させて頂きますわ。

こほん。

第五十二回私立碧陽学園高等学校卒業式、始めちゃいますわよぉ――――――――！

生徒一同『お――――――――――――――――――――――――――――――――！』

【締める生徒会】

「終わり良ければ、全《すべ》て良しなのよ！」

会長がいつものように小さな胸を張ってなにかの本の受け売りを偉《えら》そうに語っていた。

このちびっこさんは、約一年間生徒会会長という役職を経験したところで、言動や行動は相変わらずの調子である。

「その理論って、経過が芳《かんば》しくなかった人の最後の砦《とりで》よね」

「う」

即座《そくざ》に書記の知《ち》弦《づる》さんがそのグラマラスな容姿に比例した大人発言で会長をひきつらせる。実にいつも通りの光景だった。

ちなみにこの両名――会長・桜野《さくらの》くりむと書記・紅葉《あかば》知弦は、つい先日三年生としての授業が全て終わり、今は登校しなくてもいい実質早めの春休み期間に入っていたりする。にも拘《かか》わらず、二人は何も不平不満を漏《も》らすことなく、現在も放課後の生徒会活動に合わせて登校してきてくれていたり。

二人の三年生の会話に、一年生で生徒会会計である真冬《まふゆ》ちゃんが口を挟《はさ》む。

「でも確かに、ゲームにおいても良エンディングは、それだけで他の全ての駄目要素を帳消しにするほどの威力《いりょく》がありますです！」

真冬ちゃんの意見に会長が「うむうむ」と自信を取《と》り戻《もど》した様子で頷《うなず》くも、しかしすぐに俺の隣《となり》から新たな声が上がった。

「まあ逆もまた然《しか》りだけどな。漫画《まんが》における『オレ達の冒険《ぼうけん》はまだまだこれからだ！』エンドなんか、それまでいくら面白くても全部台無しにする感あるし」

「う」

深夏《みなつ》——真冬ちゃんの姉で生徒会副会長でもある彼女の言葉に、会長は再び沈《しず》んでしまっていた。姉妹で見事なコンボである。

会議初っぱなからメンバーに翻弄《ほんろう》されまくってすっかり疲労《ひろう》気味の会長。早速《さっそく》だらけムードの生徒会。

……うむ、今こそ俺の出番だろう！

俺は、この生徒会唯一《ゆいいつ》の良心として——そして生粋《きっすい》のフェミニストとして、彼女を元気づけるべく、会長の肩《かた》にぽんと手を置いた。ゆっくりとこちらを向く彼女と、俺は見つめ合う。そして——告げる！

「結婚《けっこん》して下さい！」


「急に!?」

戸惑《とまど》う会長の手を、半《なか》ば強引にぎゅうっと両手で握《にぎ》りこむ！

「結婚エンドこそ、最高のハッピーエンド！」

「いやいやいやいや、なにその古い発想！」

会長に思いっきり手を弾《はじ》かれるも、俺はめげずにアタックを続ける！　ちなみに他の役員は全く興味なさげだが……ふ、嫉妬《しっと》の裏返しだろうな。可愛《かわい》い俺のヒロイン達め！

「会長！　いや、もういっそ、くりむ！」

「勝手に呼び方ランクアップしないでくれる!?」

「杉崎《すぎさき》くりむになって下さい！」

「だから、イヤだってー！　お断りしますー！」

思いっきり首をぶんぶん横に振《ふ》って拒否《きょひ》ってくる会長。……このツンデレさんめ！

「何が……一体俺の、何がいけないって言うんですか！」

「ほぼ全部だよ！」

「なるほど、つまり、こういうことですね。俺のことは大好きだけど、学生結婚に両親が反対しそうだと。それが、会長は心配だと」

「言ってないけど!?　NGなのは、両親じゃなくて、まず私なの！」

「確かに、最近ロリ規制は厳しいですが……」

「年齢《ねんれい》的なNGじゃないよ！　っていうか、私十八だもん！　子供じゃないもん！」

「なんだ、じゃあ結婚できるじゃないですか」

「なんでホッとしてるの!?　今そこ問題にしてないからね!?　単純に、私が、結婚したくないだけなのー！」

「終わり良ければ全て良しのはずでは……」

「だからこそ、バッドエンドはごめんなんだよ！」

なんか俺との結婚をバッドエンド扱《あつか》いされた。……ホント、照れ屋さんなんだから！

しかしあんまり恥《は》ずかしがらせすぎても可哀想《かわいそう》だ。他《ほか》の生徒会メンバーの手前もあるし、俺は「ふっ、分かりましたよ」と紳士《しんし》な対応で引き下がった。会長はなぜか「ぐぬぬ」と拳《こぶし》を握り締《し》めていたものの、少しすると、息を一旦《いったん》整えてから。改めて会議を仕切り直してきた。

「とにかく！　今日は『終わり』について話し合うんだよ！」

ホワイトボードにキュキュッと「終わりについて」と記す会長の背中に、深夏が「ふむ」と頷きながら声をかける。

「つまり、『全てに終わりをもたらす者』という、前巻で遂《つい》に現れたラスボス的存在に対《たい》抗《こう》する術《すべ》を検討しようっつう、そういう趣旨《しゅし》の——」

「会議ではないよ！　中二病は黙《だま》ってて！」

会長に怒《おこ》られ、深夏がしょんぼりする。彼女を完全にスルーして、会長が説明を続ける。

「単純に今年の生徒会がそろそろ終わるのは勿論《もちろん》、私達三年生の卒業とか椎名《しいな》姉妹の転校とかもあって、私達が作ってきた本……生徒会シリーズ本編も、このキリのいいところで締めるわけだけど」

会長の改めての説明に、知弦さんが補足する。

「まあ生徒会以外の生徒も関《かか》わる外伝の方とかに例外はあるけど、確かに、この生徒会としてはそろそろキー君も最終巻の執筆《しっぴつ》に取りかからなきゃいけない時期よね」

「その通りだよ！　だから、今までは基本的に私達生徒会自体は自由気ままに会議して、それを杉崎のセンスだけで小説化して貰《もら》ってたけど、最後の最後となれば、そうもいかないと思うの！」

「つまり、ライトノベルシリーズとしての『終わり方』を話し合おうってことですか？」

真冬ちゃんの質問に、会長が元気よく「そう！」と応じる。

「というわけで、今日はシリーズラストの締め方を、決めたいと思います！」

ようやくきちんと議題が発表され、会議が始まる。

しかし、執筆している本人としては少しだけ納得《なっとく》いかないことがあり、先に俺から意見を出させて貰うことにした。

「でも真面目《まじめ》な話、締め方ってフィーリングで決めた方が良い気もするんスけど……」

「フィーリング？」

「いや、そこまでの流れあってこその、ラストじゃないッスか。だから……そもそもまだ卒業式も終わってない段階で、先にラスト決め打ちってのも、どうなのかなって」

正直、これまでドキュメンタリーでやってきてんのに、最後だけ創作意図入ってるのが気になる。俺が微妙《びみょう》な表情をしていると、会長はちっちっちと指を振ってきた。……なんか見慣れた光景過ぎて、もう腹も立たなくなってきたなぁ。

「甘いよ、杉崎。優秀《ゆうしゅう》なラストシーンの物語って、大体決め打ちなんだよ！」

「そ、そうでしょうか。なんとなくの流れを受けて締めるのも、それはそれで――」

「生徒会でやるそのパターンは、大体毎回グダグダなオチになるでしょう！」

『核心突《かくしんつ》かれた！』

全員がうっと胸を押さえる。あまりの正論に、俺は打ちひしがれながらも納得した。

「た、確かに。大体の流れで終わらせにかかると、結局うまく閉じてない感が……」

「そうでしょう！　だからこそ、ラストは事前に決めておくべきなのよ！」

「そ、そうかもしれない」

俺が深く納得し、会長がどうだと言わんばかりに胸を張る。

しかし、そこに真冬ちゃんが相変わらずサラリと切り込んできた。

「でしたら、一巻の時点で決めておいた方が伏線《ふくせん》的にも美しかったのでは……」

「……う」

「そこまでは頭が回らなかったのよねー、アカちゃん」

知弦さんが会長の頭を優《やさ》しげに撫《な》でる。会長は、その逆に傷付けるような手の動きから逃《のが》れ、バンッと机を叩《たた》いた。

「いいからっ、キリキリ話し合う！　ほら、どう終わるの、生徒会最終巻！」

無理矢理に会議を進行させる彼女。オレ達は多少呆《あき》れるものの、まあ確かに決めておいて損は無いことでもあるので、真面目に議題に取り組むことにした。

まず威勢《いせい》の良い深夏が率先《そっせん》して手を上げる。

「はいはーい！」

「はい、深夏！」

「あたしと鍵《けん》のキスシーンでいいんじゃね？」


『ぶっ⁉』

とんでもない角度からの剛速球《ごうそっきゅう》に、ボケ耐性《たいせい》の出来てきていた生徒会メンバーでさえ思いっきり吹《ふ》き出す。

中でも俺が一番顔を赤くする中、深夏はキョトンとした様子で続けてきた。

「え、なんかおかしいか？」

「お、おかしいっていうか、その……」

本人がボケのつもりでは無いせいで妙《みょう》に強くツッコめないでいる会長。生徒会自体が微妙な空気になる中、深夏は相変わらずのあどけない顔で、俺の方を見て笑う。

「な、鍵！　お前もいいと思うだろ？」

「え、いや、その、なんだろ」

「んだよ。あたしとキス、不満なのかよ？」

「そ、そんなことはない！」

慌《あわ》ててぶるんぶるんと首を横に振るも……しかし、動揺《どうよう》は収まらない。深夏はそんな俺の様子に不満そうにして、口を尖《とが》らせた。……い、いちいち可愛くて駄目《だめ》だ！　もう見てられない！

「んだよー、なんでそんな乗り気じゃねーんだよー」

「いや、その、乗り気じゃないっつうか、なんつうか、えーと」

「お前いっつもあたしが好きって言ったり、チューさせろーとか言うじゃねーか。で、あたしもお前が好き。そしてどうせキスするなら、記念すべきタイミングでしたい。……うん、どう考えても、何も問題無いじゃねーか」

「う、うん、まあ、確かに、そう、なんだけど、な。うん」

やべぇ、頭が全然回らねぇ。なにこれ。どういう状況《じょうきょう》これ。そ、そりゃ確かにキスはしたい！　もっと言えばエロいことしたい！　そして確かにちょっと前から俺と深夏は両想《りょうおも》い！　つまり、キスシーンの条件は十分揃《そろ》ってる！　揃ってるんだがっ！

俺が顔を真っ赤にしながら頭を抱《かか》えていると、なぜか俺以上に汗《あせ》をかいて焦《あせ》った様子の、とても珍《めずら》しい表情をした知弦さんが意見を提示してきた。

「そ、それは、その、生徒会のラストとしては、いかがなものかしらね、うん」

知弦さんのその言葉に——会長と真冬ちゃんが、ここぞとばかりに追従する！

「そ、そうよ！　これは『杉崎くんと椎名さん』みたいなタイトルのラブコメシリーズじゃなくて、『生徒会の〜』っていうタイトルのシリーズなんだよ！　それは、おかしいよ！」

「そそそ、そうですです！　語り部《べ》で一応主人公でもある先輩《せんぱい》単体のラストならまだいいですけど、お姉ちゃんと先輩二人でラストって、なんかバランス凄《すご》く悪いですー！」

皆《みんな》の意見を深夏が「ふむ」と受ける。

「つまり、あたしと鍵のキスだけでラスト飾《かざ》るのは、変だと」

『（こくこく！）』

三人が一緒《いっしょ》に頷《うなず》く！　深夏はそれを受けてしばし考える仕草をした後、何か名案を思いついたという様子でぽんと手を叩くと、笑顔《えがお》で提案してきた。

「じゃあ、残りの三人も傍《かたわ》らでキスし合ってたらいいじゃねーか！」

『どんなラスト!?』

一組の男女カップルと、百合《ゆり》少女三人組が誕生して終わり。……驚愕《きょうがく》のエンディングすぎだった。

流石《さすが》にこれには、動揺しっぱなしだった俺もツッコむ！

「おかしいだろう！　なんかもう、色々、おかしいだろう！」

「何がだ？　バランスとれたじゃねーか」

「バランスとれれば何してもいいわけじゃないだろう！　っつうかそこの百合グループ誕生に何の伏線も無いし！」

「いや会長さんと知弦さんは全然いけるだろ。真冬は……ほら、なんか、おまけ的な？」

「妹をおまけ扱いとはどういう了見《りょうけん》ですか！」

真冬ちゃんが立ち上がって、猫《ねこ》のように毛を逆立たせて全身で怒《いか》りを表現する。これには流石の深夏も反省したらしく、ぽりぽりと頭を掻《か》いたと思ったら、「そっかぁ、じゃあいいや」と割と簡単に引き下がった。……元々そこまでなにがなんでもの提案じゃなかったらしい。

俺達がホッと胸を撫で下ろす中、深夏が新たな提案を始める。

「となると、カップル誕生系は根こそぎアウトだよな」

「まあ、そりゃ、生徒会としてはな。……そうだ、なら全員が俺とカラダの関係を持って終わりっていうのが美し――」

「えい」

「げふ」

普通《ふつう》に深夏にボディブローを入れられた！　不意打ちすぎてダメージ五割増し！

「な……んで。お前は……もうウェルカムのはずじゃ……」

「いやお前の事好きだけど、お前の行動全肯定《こうてい》はする気ねぇし。っつうか基本認めてねぇから、そりゃイラッときたら普通に殴《なぐ》るぜ」

「……デメリットが大きすぎる……」

深夏のデレによるメリット、略してデメリットは今日も全開だった。どうして俺は念願の両想い達成しているのに、思っていたほど幸せではないんだろう。ああ、結婚《けっこん》後尻《しり》に敷《し》かれている旦那《だんな》さんの気持ちって、こんな感じなのかも……。

そんな俺の哀愁《あいしゅう》はさておき、深夏が続ける。

「じゃあ、後日談で締《し》めるとか良くね？」

その意外とまともな提案に、会長が食いつく。

「それはいいかもね！　王道だけど、それからも皆は幸せにやってます的なのって、凄くほっこりして本を閉じられるもんね！」

「だろ？　じゃあその方向性でラストの描写《びょうしゃ》を具体的に提案するとだな……」

「うんうん！」


「彼らの卒業から千年後――」


『飛びすぎだよ！』

　全員でツッコむも、深夏はすっかり目を閉じて空想世界に行ってしまい、帰ってくる様子が無かった。代表して、俺が彼女を引き戻《もど》そうと試みる。

「おい深夏、それは流石に――」

「終末戦争によって一度は滅《ほろ》びかけた人類だったが、今は新しい文化を生み出し、徐々《じょじょ》にだが繁栄《はんえい》を取り戻しつつあった……」

「なんか若干《じゃっかん》バッドエンド入ってるし！　いいから、生徒会のその後を語れよ！」

「碧陽《へきよう》学園生徒会のその後に関しては……特に歴史的資料が残ってないため、不明」

「なんでエピローグだけやたらマクロな視点なんだよ！　年数的なものも含《ふく》めて、もっと俺達の日常に焦点《しょうてん》合わせた後日談語れ！」

「そうか？　じゃあ……一年後」

「まあ、それも少し遠い気がしないでもないが、良しとしよ——」

「椎名深夏は、昼下がりにブ○ーチの尸魂界《ソウルソサエティ》編を再読しつつ、ロイホのドリンクバーで粘《ねば》ってました。終わり」

「しょうもなっ！」

「んだよー。その後のあたし達の日常、語ってるじゃねーかよー」

「日常すぎんだろう！　読者はそんなこと聞きたいんじゃねーんだよ！　そんな蛇足《だそく》が、読みたいわけじゃねーんだよ！」

「えー、つまり、一年の間に起こったもっと重要なこと語ればいいのか？」

「そうだよ、その通りだよ！　読者のイメージを膨《ふく》らませるような、そういう——」

「一年後——そこには、全並行世界の命運を賭《か》けて、銀河連合軍と共に外宇宙からの侵略《しんりやく》者と戦うあたしの姿が！」

「一年間で何があったんだよ！」

「いいじゃねぇか、面白《おもしろ》くて」

「今度は面白すぎて問題なんだよ！　後日談の方が本編の一億倍壮大《そうだい》でどうすんだよ！　なんかそうなると地味な日常描《えが》いていた本編が物凄《ものすご》く虚《むな》しいじゃねぇか！」

「んだよー、文句ばっかり。つまりなんだ、お前は後日談で、ちょっとしたその後ぐらいの、皆の身近に起こった環境《かんきょう》の変化なんかを、地味に語れと……そんなつまんないことを言うつもりなのか！」

「それつまらないって否定しちゃったら、生徒会の本編全否定みたいになるからやめてくれる!?　いいんだよ、地味で！　そういうノリでやってきている話なんだから！」

「じゃあえっと……あの卒業式から、一ヵ月後」

「そうそう、そういうのが聞きたかった——」

「今や椎名真冬はといえば、髪《かみ》をパッションピンクに染め、ボディピアスをじゃらじゃらいわせながら都会の街を闊歩《かっぽ》する日々だ」

「めっちゃグレとるぅ——————————!?」

「真冬そんな風にならないですぅー！」

真冬ちゃんが涙目《なみだめ》で姉に抗議《こうぎ》していた。そりゃそうだろう……。

しかし深夏はゆっくりと目を閉じると、神妙《しんみょう》な面持ちで、告げたのであった。

「終わり」

「終わりじゃねぇよ！　どんな終わりだよ！」

「いや、だから、お前の言う通り、身近で起こった些細《ささい》な変化を描いて終わっただろう」

「そりゃそうだけども！　お前が読者だったら、どんな気分で本閉じるよ！　なぁ!?」

「…………。…………。……ボロボロ涙が止まらない？」

「違《ちが》う意味でな！」

「あぁ、もう、面倒臭《めんどうくせ》ぇなぁ！　そんなに否定するなら、鍵！　お前が後日談語ってみろよ！」

「え？」

急に話を振《ふ》られて戸惑《とまど》うも、そこはこれまで一年執筆《しっぴつ》活動をこなしてきた俺。流石に深夏よりはいい後日談を作れる自信があるので、少し時間を貰《もら》って考えると、ノートパソコンに向かってカタカタと作業をしだした。

五分ほどで全文を書き終わると、胸を張って、モニターを皆の方に向け、俺なりの「後日談」を自信満々に披露《ひろう》する！

＊

あれからの俺達はと言えば、相変わらずさ！
会長は大学でも大暴れ、それを止めるのはやっぱり知弦さんの役目！
深夏は転校先で早速運動部に引っ張りだこ！
引っ込み思案だった真冬ちゃんにも、ちゃんと友達が沢山《たくさん》出来ているみたいだ！
あ、俺かい？
俺はさ……。

「今日から、お前達は俺の新たなハーレムメンバーだ！」

新しい生徒会の会長として、うまくやってるさ！
さあまた、慌《あわ》ただしい日々が始まりそうだぞー！
皆、これからも応援《おうえん》してくれよな！

＊

『イイハナシダナー』

「全く心に響《ひび》いてねぇ！」

俺、ガックリだった。お、俺なりに凄《すご》く良い話にまとめたつもりだったのに……。

真冬ちゃんが追い打ちをかけてくる。

「なんか……ザ・テンプレですよねー」

「ぐ。そんな……そんな言い方って！」

「キー君、逆に訊《き》くけど、そんな終わり方読んで貴方《あなた》だったらどう思うのよ」

「え。……『さて、次はデート・ア・ライブの新刊読もぉっと』かな」

「自分でも全然心に響いてないじゃない！」

「なんてこった！」

指摘《してき》されて初めて気がついた！　確かになんにも残らねぇ！　無だ！　いっそこれは、無だ！　無の終わり方だ！　愕然《がくぜん》とする俺に、会長が呆《あき》れながら声をかけてくる。

「なんか、変に表面上のハッピーで終わっている分、余計なんにも残らないよね……」

「た、確かに。こう、蛇足《だそく》とも言えないけど、消化試合みたいな！『あ、だろうねー』

としか思いませんな！」

「それでいいケースもあるっちゃあるけどな」

深夏がフォローを入れてくれた。実にありがたい。しかしそれは本編のラストが盛り上がりに盛り上がったケースだけだろう。語り尽《つ》くしたからこその、軽い後日談。生徒会の場合本編がそもそも軽いんだから、終わりではちゃんとキュッと締めなきゃいかん。

俺が頭を抱《かか》えてしまっていると、今度は知弦さんが手を上げた。会長に当てられ、彼女が提案を始める。

「そういう意味では、必ずしもハッピーエンドが最良とは限らないわよね」

「知弦さん、またバッドエンド嗜好《しこう》ですか……」

「そうは言うけどねキー君。今まで出て来た中で一番面白かったのって、実は真冬ちゃんがグレてるエンドじゃなかったかしら？」

「う……それは、確かに、そう、かも」

目から鱗《うろこ》の着眼点だった。会長や椎名姉妹も頷《うなず》いてしまっている。知弦さんはその光景を満足げに見渡《みわた》した後、具体的な提案をしてきた。

「そうね、とりあえず後日談は、キー君の墓前から始めることにしましょう」

『⁉』

衝撃《しょうげき》のエピローグだった！　しかし俺達の驚《おどろ》きに反して、知弦さん自身はあくまで平静にロジックを展開してくる。

「あら、そんな大袈裟《おおげさ》にリアクションすることじゃないでしょう？　結構あるじゃない、エピローグが登場人物のお墓から始まること」

「それは、確かに一つのパターンではありますですけど……」

真冬ちゃんが戸惑いながら肯定《こうてい》する。

「でしょう。それにさっきの皆《みんな》の反応みたいに『⁉』って読者に思わせるのは、悪くないはずよ」

「ま、まあ、色々想像の余地あって面白いは面白いけどよ……」

深夏もまた戸惑いながらも肯定する。……なんだかんだで、知弦さんの案がちょっと優《ゆう》秀《しゅう》な案みたいな流れになってきていた。…………。

「い、いやいやいや、やっぱりおかしいでしょう！　なんで死んでるんスか俺！」

「人はいつか死ぬものよ、キー君。でも人間関係が希薄《きはく》になりつつあるこのご時世、誰《だれ》かに墓参りに来て貰えるなんて、幸せな終わりじゃない」

「そうですけどっ！……あ、もしかして、八十年後とかで、大往生《だいおうじょう》の末に、俺の孫が墓参りに来てくれているとか、そういう話──」

「いや一ヵ月後だけど」

「絶対幸せな死に方はしてないですよねぇ、俺！」

「その辺はぼかしぼかしよ。読者に想像の余地を与《あた》えるわ。例えばだけど……」

そう言って知弦さんは俺からノートパソコンを奪《うば》い、素早《すばや》いタイピングで執筆を開始する。そうして、三分も経《た》たないうちに原稿《げんこう》を完成させると、俺達に画面を見せてきた。

「時間無いから、ちょっと会話文だけ書いてみたわ」

言いながら提示された文面を、俺達は全員で読み込む。

会長「まさか、杉崎があんなことになるなんてね……」
深夏「運命って、残酷《ざんこく》だよな……」
真冬「でも不思議ですよね。どうして先輩《せんぱい》は、北極なんかにふんどし一枚で……」
知弦「そうね。しかも発見された時は、笑顔《えがお》でラクダの背に跨《また》がってたって言うし……」
会長「あ、不思議と言えば、あの日の直前に杉崎から私に届いたメールの『おらぁ、あんころもちがぁ、くいてぇだぁ』という文面も謎《なぞ》だよね」

深夏「そういえば鍵のヤツ、あたしと最後に会った時は、額《ひたい》に竜《りゅう》の紋章《もんしょう》みたいなものが浮《う》かび上がってたんだよな……」
知弦「遺体もエリア51に運び込まれてしまったっていうし……」
会長「更《さら》に死後にも拘《かか》わらず全世界で杉崎の目撃《もくげき》情報が多発しているし……」
真冬「そしてあれ以降太陽の色が妙《みょう》に紫《むらさき》っぽいのも含《ふく》めまして、本当に――」
全員『謎だよなぁ』

『謎すぎるわ！』

知弦さん以外の全員でツッコム。彼女は「あら」と心外そうに首を傾《かし》げていた、

「面白いじゃない、想像の余地あって」

「ありすぎですよ！　ここから海外ドラマ7クールぐらい作れる勢いじゃないですか！」

「馬鹿《ばか》ねキー君。意味ありげな伏線《ふくせん》なんて、大体ろくな解決しないんだから、いいのよ、放置で。皆分かってて楽しんでいるのよ」

「なんて悪質な！　っていうかそもそも俺、そんな死に方しませんから！　絶対！」

「一ヵ月前にはそう断言していたキー君が、まさかあんなことになるなんてね……」

「続けないで下さい！　と、とにかく！　面白いか面白くないかはさておき、現実的にあ

りえない想定は駄目《だめ》でしょう！　ドキュメンタリーなんだから！」

「……キー君、ラクダってアマ〇ンで買えるのかしらね」

「現実にしようとすんな！」

そんなわけで、いくら面白《おもしろ》かろうが知弦さんの提案は全面却下《きやっか》だ。

会議を続行していると、今度は真冬ちゃんがスッと手を上げてきた。

「真冬的には、後日談ってあくまで今まで読んでくれた人へのご褒美《ほうび》であるべきだと思うのですよ！」

「お、ゲーム好きの真冬ちゃんらしい発想だけど。具体的には？」

俺の質問に、真冬ちゃんは自信満々の様子で答える。


「強くてニューゲームです！」


『斬新《ざんしん》！』

採用されたら小説に革命が起こりそうな発想だ！　しかし……。

「いや真冬ちゃん、それは無理でしょう。小説だし」

会長の当然のツッコミに、しかし真冬ちゃんは全く退《ひ》かなかった。

「どうして駄目だと決めつけるのですか！」

「だってそれ、ゲームだからこそだし……」

「じゃあ、強くてニューノベルでいいです！」

「どういうこと⁉」

「『一週目はあんなに苦労した部分が、二週目だと楽勝だぜー』という楽しみを読者に提供します」

「小説で？　どうやって？」

くいっと首を傾げる会長に、真冬ちゃんが胸を張って告げる！

「一巻のプロローグ段階で、既《すで》に《企業《きぎょう》》が真冬達にチェックメイトかけられてます！」

『生徒会強い！』

「二心では、真儀瑠《まぎる》先生が入室と同時に論破され、即座《そくざ》に追い返されます！」

『生徒会強い！』

「奏《かなで》さんの件は中学時代の紅葉先輩が『調子こいてんじゃねえよ奏』と突如《とつじょ》ぶちかましたことで、既に円満解決済みです」

『過去でも強い！』

「先輩と飛鳥《あすか》さんと林檎《りんご》さんはラブラブで、それぞれ八人目の子供を身ごもってます」

『あっち方面さえ強い！』

「会長さんの最初の一言は毎回『では今日も論理的な会議を心がけましょう』です」

『精神面が格段に成長してる！』

「ちなみにうちの父親は亡《な》くなってません」

『最早《もはや》強いとかの次元じゃない！』

「三巻で完結します」

『進行スピードも速い！』

「あまりに強すぎてトラブルが未然に防がれるため、本気で何も起こりません！」

『これぞ真の日常系！』

「どうですかっ、こんな締《し》め方！」

『ないと思う！』

「ですよね！」

　というわけで、本人が既に駄目と認めているので、当然ながら却下。そもそもそれ、締め方じゃなくなってきているし。とはいえ……。

「まあ、面白い企画《きかく》ではあるけどね、『強くてニューノベル』」

俺の意見に、深夏も乗ってきてくれる。

「確かに。生徒会に限らず、他《ほか》の物語にも適応してやりたいぜ」

「だよな。それこそ、深夏の好きなバトル系漫画《まんが》なんか如実《にょじつ》に……」

そう言うと、深夏が宙を見て空想を膨《ふく》らませるようにしながら、呟《つぶや》く。

「レッドリ○ン軍相手にスーパーサ○ヤ人4で挑《いど》みかかる悟空《ごくう》」

「レッド○ボン軍が可哀想《かわいそう》！」

「最初の虚《ホロウ》相手に『最後の月○天衝《てんしょう》』使用」

「全力使う所間違《まちが》えすぎだろう！」

「バキ、第一話にて範間《はんま》勇次郎《ゆうじろう》越え」

「話終わった！」

「ゴムゴムのぉ〜宝物回収《マジックハンド》！」

「ワン○ース手に入ったぁ！」

「エドとアル、母親の人体錬成《れんせい》に挑戦《ちょうせん》せず！」

「そもそも話が始まらない！」

「巨人《きょじん》が……進撃《しんげき》してこない！」

「もう強いとか弱いとかじゃねぇ！」

「…………」

「…………」

「……全部原作の方が圧倒的《あっとうてき》に面白くね？」

「だろうな！」

というわけでこの企画、妄想《もうそう》するのは面白いが、実際やるとなると話は別というパターンだったみたいだ。ありがちな罠《わな》！

……と、俺と深夏でザ・クラスメイト会話が多少盛り上がったという収穫《しゅうかく》こそあったものの……。

『…………』

会議自体は、完全停滞《ていたい》である。しばらく皆の「むーむー」唸《うな》るだけの時間が過ぎた後、知弦さんがいつものように妥協案《だきょうあん》を出して来てくれた。

「そもそもキー君も最初言っていたように、まだ卒業式も終わってないのに、具体的にエンディングを考えようっていうのが、どだい無理な話なのよね」

「でも知弦、決め打ちの方がいい終わり方を——」

「大丈夫《だいじょうぶ》、分かってるわアカちゃん。そう、生徒会においては勢いで締めるより、ちゃんと考えておいた言葉の方が綺麗《きれい》に締まるのは自明の理。だったら……『一言』に絞《しぼ》ったらどうかしら」

「一言？」

会長と同様に俺達も良く意味が分からず戸惑《とまど》う中、知弦さんが頷《うなず》いて説明する。

「そう。ここで決めるのは、エンディング全部じゃなくて、ラスト一言だけ。そうすれば無理がないし、卒業式がどんなことになろうと、最後の一言だけなら、充分《じゅうぶん》そこに合わせてはいけるわ。ね、キー君？」

期待するような目を向けられて、正直プロの小説家ではないのでテクニック的なことにあまり自信は無かったが、それでも俺は胸をどんと叩《たた》いた。

「当然っスよ！　俺にかかればそんなの、ちょちょーいですよ！」

「だそうよ、アカちゃん」

知弦さんの言葉を受けて、会長が顔に元気を取《と》り戻《もど》す。そして、再び立ち上がると、議題の変更《へんこう》を宣誓《せんせい》してきた。

「じゃあ、最後の一言だけ決めちゃうよ！　いいのある人ぉー！」

停滞していた会議が再び動き出す。と同時に、各所から様々な意見！

「『あたし達の冒険《ぼうけん》はまだまだ続いていくぜ！』」

「『そうして杉崎先輩《せんぱい》と中目黒《なかめぐろ》先輩は末永く幸せに暮らしましたとさ』」

「『このあと桜野くりむさんは偉業《いぎょう》を成し遂《と》げるのだけれど……それはまた、別の話』」

「『しかし彼らの卒業は、新たな事件の発端《ほったん》にしかすぎなかったのだった……』」

「『俺は、今日も美少女達に囲まれて幸せにすごしています』」

全員、自由過ぎだった。誰《だれ》かがツッコムまでもなく、人のふりみて我がふり直せで反省した俺達は、真面目《まじめ》に会議をすることにする。

「特定のメンバーの話じゃなくて、もっと総まとめ的なことがいいんじゃないかしら」

知弦さんの意見に、真冬ちゃんが賛成する。

「そうですね。それに、もっとカッコイイ文言《もんごん》がいいです」

「『○○に捧《ささ》ぐ』みてぇな?」

深夏のサラッと言った意見に、全員が「それだ!」と食いつく! うん、それは美しい! なんか凄《すご》く美しい締め方だぞ!

俺も段々興奮しながら会議に参加する。

「だったら、そこに入る人物は本編で相当お世話になっている人がいいッスよね。……あー、考えてみると結構いるなぁ」

「そうね。私達の本ってホント各所にお世話になっているものね」

「そう考えると決めづらいッスね……。……そうだ、こんな時こそ会長！」

「うにゃ？」

「普通《ふつう》に話し合っても決めあぐねるんで、ここは代表たる会長が、このシリーズで一番お世話になったなーと思う人の名前を入れちゃって下さいよ！　その人の名前でシリーズが終わる！　なんて感動的で美しいラスト！　完璧《かんぺき》です！　さあ、ずばり名前をどうぞ！」

「う、うーん、そうだねぇ～」

会長は可愛《かわい》らしく唸って思案すると……約三十秒後に、ぱっと表情を明るくした。どうやら何か思いついたらしい。

俺達が期待の眼差《まなざ》しで見つめる中……会長は、遂《つい》に、締めの言葉を決めてきた！

「涼宮《すずみや》ハ○ヒに捧ぐ」

『確かに世話になってるぅ――――――――！』

そりゃ確かに一巻の最初の話からしてパロディに使わせて頂き、広告とか特集記事とかでもことあるごとに引き合いに出させて貰《もら》ったけども！　本気で涼宮姐《ねえ》さんには世話になりまくっているけども！　けども！

「い……いや、うん、そ、それはそれとして、他に誰かいないスかね、会長」

「え、うーん、他だったら……最初の提案より大分落ちてもいいならねぇ」

会長はそう前置きすると、次々と「○○に捧ぐ」の提案をしてきてくれた。

「電○文庫に捧ぐ」

「確かによく作品名出しちゃうけども！　すっごいややこしい感じになるんで却下《きやっか》！」

「今は亡き富士ミスに捧ぐ」

「なんの意味があって!?」

「アインシュタインに捧ぐ」

「本編ゴリゴリのSFだったみたいッスね！」

「僕の初恋《はつこい》をキミに捧ぐ」

「うん、凄く綺麗だけど完全NGッス」

「森の主様《ぬし》に捧ぐ」

「生《い》け贄《にえ》みたいになってますけど！」

「軽くお前に捧ぐ」

「チャラい！　なんかすげーチャラい！」

「突然《とつぜん》だけど、これから俺は超絶《ちようぜつ》美少女幼馴染《おさななじ》みと付き合うために妹に体を捧ぐ」

「イマドキのラノベタイトル！」

そこまで会長が言ったところで、唐突《とうとつ》に知弦さんが「あっ」と声をあげたため全員がそちらを見ると、彼女は何かを納得《なっとく》したようすで、しきりに頷きながら口を開いた。

「さっきから、何かずっと違和感《いわかん》あったのだけれど……」

「？　なんですか知弦さん？」

俺の質問に、知弦さんははっきりと答える。

「『○○に捧げる』って、基本むしろ巻末じゃなくて巻頭に入るんじゃないかしら」

『確かに！』

言われてみればもっともだった！　最後に来るのが無いとは言わないけど、多くは巻頭に入るべき文言だ！　かっこよさ重視ですっかりスルーしてしまっていた！

となると……。

「じゃあもう、なんでもいいから皆《みんな》で最後の一言提案してぇ——————！」

会長のヤケクソな呼びかけにより、なんとなく今までの流れでツッコミの立ち位置を継《けい》続《ぞく》する俺を除いた生徒会四人による、誰が喋《しゃべ》ってんだか分からないほどの怒濤《どとう》の提案劇が開始された！

「続きはウェブで！」

「いや終わらせましょうよ！　小説単体で話終わらせましょうよ！」

「という、夢を見たんだ」

「夢オチはなし！　絶対になし！」

「第一部完」

「スラム○ンクばりに第二部の目処《めど》が立って無《ね》ぇ！」

「クリアデータを記録しますか？」

「強くてニューノベルの準備かよ！」

「めでたし、めでたし」

「ある意味ほっこりはするけども！」

「じゃ、またねー！」

「フランク！」

「杉崎先生の次回作にご期待下さい」

「なんか打ち切り臭《くせ》ぇ！」

「こうして、俺達の平凡《へいぼん》な日常は、終わりを告げたんだ……」

「直後にオープニングテーマ入りそうだな！　ようやくプロローグ終わったよなぁ、今！」

「そんな杉崎さんの健康を支えるのは、碧陽食品の健全青汁《あおじる》！」

「ＣＭだったの⁉　これあのドキュメンタリーＣＭだったの⁉」

「シーユー、カフェイン！」

「確かにカフェイン頼《だの》みの執筆《しっぴつ》からは解放されるけど！」

「ごあいどく、ありがとうござらんた」

「なんだって⁉　誰だ今大事なとこ噛《か》んで新しい日本語作ったヤッ！」

『…………』

流石《さすが》に色々末期だったため、一気に提案が止まった。

二度目の会議停滞ということで、室内に異様な絶望感が立ちこめる。

そうして、永遠とも思える五分が経過した頃《ころ》。会長が唐突に、妙《みょう》に違和感ある喋り方で語り出した。

「こ、こほん。……す、杉崎」

「え、あ、はい？」

なぜか俺の肩《かた》に手を置いて、凄く泳いだ目で俺を見てくる会長。彼女はすぅと息を吸うと……無理矢理気味なテンションで、叫《さけ》んできた。

「私は、貴方《あなた》の執筆の才能を、信じてるよ！」


「……は？」

意味が分からず首を傾《かし》げる。——と、なぜか、更《さら》に他のメンバー三人まで俺に寄ってきて、それぞれ変なテンションで声をかけてきた。

「こ、この生徒会を生徒会らしく終わらせられるのは、鍵、お前だけだぜ！」

「そうです！　先輩《せんぱい》が書いてこそ、生徒会です！」

「キー君……信じてるわ！　必ずや、素晴《すば》らしい作品にしてくれるって！」

「え」

なんだこれ。なんだこのノリ。なんか似た覚えがあるぞ。なんだっけな……。

…………。

あ、そうだ、生徒会の小説執筆を最初に依頼《いらい》された、あの時の感じだ！　生徒会をありのまま描《えが》けるのは俺だけだって、皆が俺に——

「じゃあ……今日の会議、終了《しゅうりょう》！　お疲《つか》れ様《さま》でした！」

『お疲れ様でした！』

「え、ちょ、皆――」

「やー、今日も疲れたねぇ、皆！」

「あ、あのー……」

《ガラガラ、ピシャン！》

「…………」

あっという間に、皆が去って行ってしまった。

「え……と」

つまり、どういうことだ？……丸投げされた？　今もしかして俺、なんかいい話風にまとめて、全部丸投げされた!?

「ち、ちくしょう、執筆依頼の時のあの感動的なノリを利用するなんて、なんて酷《ひど》――」

そこではたと気付く。

執筆依頼の時の……感動的なノリ？

あの時は俺も若く、そして小説版ではその俺の感じた通り、本当に感動的に描写《びょうしゃ》したけれど。

まさか。

もしかして。

「そもそもこのシリーズ執筆自体……俺、いいように扱《あつか》われて書かされてた⁉」

…………。

シリーズ累計《るいけい》十六冊目の真実に、俺はさめざめと泣きつつ、一人、生徒会室で、クサクサとした気分のまま、やけっぱちの気分で最後の一言執筆に取りかかったのであった。

【卒業式――生徒会より――】

ふわぁ……。…………。…………。

あ、卒業証書授与《じゅよ》、もう終わりましたの？　それならそうと早く言って下さいまし。

それにしても中弛《なかだる》みしますわねー、卒業証書授与。クラスごとにして中略しているとはいえ、まだ長いですわねー。ここらで思い切って、もっと画期的で感動を持続できる授与形態へと転換《てんかん》を図《はか》るべきですわ。

というわけで、春休み中に教職員は全員一度エンターテインメントの聖地ディ○ニーランドに研修に行って来て下さいませ。勿論《もちろん》自腹で。

さて、次はどうしましょうかね。ふんふん……来賓挨拶《らいひんあいさつ》とか祝電……。カットですわね。

となると、また大幅《おおはば》に時間が空《あ》いてしまいましたわ。

では、生徒の代表として会長挨拶――といきたいところですが、桜野《さくらの》くりむは卒業生の答辞があるんですわね。二回挨拶されてもしょうがないので、では、書記の紅葉《あかば》知弦《ちづる》、お願い致《いた》しますわ。

……………。

ほら、なにをしておりますの、挨拶どうぞですわ。そ、そんなに睨《にら》んでも駄目《だめ》ですわよ。見てみなさいな、生徒達だって期待の眼差《まなざ》しで見ているじゃありませんの。

え？　なんの立場での挨拶？　そんなのなんでもいいですわよ。……しつこいですわね。

じゃあ卒業生も在校生もない、生徒代表みたいなことで、ここは一つ。

はいはい、往生際《おうじょうぎわ》が悪いですわよ、紅葉知弦。はい前に出る出る。……出ましたわね。

それでは、生徒を代表して、生徒会書記・紅葉知弦よりご挨拶ですわ！

＊

卒業生の中から、大人びた黒髪《くろかみ》の女生徒が立ち上がる。彼女は最初こそおろおろとしたものの、すぐに姿勢を正すと、凛《りん》とした振《ふ》る舞《ま》いで壇上《だんじょう》に上がった。

えー、生徒会書記・紅葉知弦です。この後挨拶が控《ひか》えている会長に代わりまして、私自身も卒業生ではございますが、僭越《せんえつ》ながら生徒代表としてお話をさせて頂きたいと思います。

では……。

とりあえず全員、椅子《いす》の上で正座して聞きなさい。

…………。

……あ、ジョークよ？　そんな、真に受けて本気で正座しなくてもいいわ。ええ、全然。足を崩《くず》して結構よ。ホントに。もう、まったく……。

そう言われてすぐ足を崩すなんて、どういう教育受けているのかしら。

…………。

……あ、ジョークよ？　別に突然《とつぜん》挨拶振《ふ》られて大層機嫌《きげん》が悪い、なんてこと全然ないわよ。ほら、そこで汗《あせ》をだくだく流している藤堂《とうどう》さんも、どうぞ楽になさって。

……………。……皆《みな》さん最早《もはや》正座を一人も崩さないので、このまま話させて頂きます。

こほん。

…………。

私がこの碧陽《へきよう》学園に入学を決めたのは、実はとても後ろ向きな理由からでした。とある友人と「一緒《いっしょ》の学校にはならない」よう画策した末、たまたま条件に合っただけ。そういう理由で、私は、この学園に入学を決めたのです。

たぶん、ここに居る誰《だれ》よりも、最低の動機だったんじゃないかなと思います。

そんな私でしたから、当然のように、入学当初の周囲への態度は酷《ひど》いものでした。クラスメイト達を見下し、一人で居ることこそが最もクレバーな選択《せんたく》だと心から信じ、何事にも無関心なくせに、警戒《けいかい》心だけが鋭敏《えいびん》で。

自虐《じぎゃく》のつもりはなく、冷静に、客観的に見て、いけすかないにも程があります。少なくとも私は、あの頃の私と友達になりたいとは、絶対に思いません。

だというのに。

この学園は、そんな私をも、温かく受け入れて下さいました。

……具体的には、この学校で最初に出来た、とある大事な……本当に大事な親友のおかげによる部分が大きいのですが。彼女を皮切りに、クラスメイトが。クラスメイトを通じて、同学年の方々が。結果として生徒会役員にまで推《お》して貰《もら》い、私にとってかけがえのない経験をさせて頂いて、最後には——

——最後には、こんな風に、正座しなさいなんて私の馬鹿《ばか》な要求にさえ、全校生徒の皆さんは、ちゃんと、乗ってくれて。

……ホント、馬っ鹿みたい。どんな学校よ、まったく。この三年間呆《あき》れることばかりで、ずっとずっとペースかき乱されっぱなしで。ようやく肩の荷が下りた気分でさえあるわ。

だからこそ、私は——

…………。

私は……。

………。

………。

私は………………。

…………………………。

……私はっ…………この、がくえん、で……。

……………………。……すぅ……。

……私は、この学園で過ごした素晴らしい三年間を、絶対に、絶対に忘れませんっ！

以上。

生徒会書記――皆《みんな》の友達、紅葉知弦でした！

＊

表情を隠《かく》すかのように頭を思い切り下げ、俯《うつむ》いたまま舞台《ぶたい》をそそくさと降りる紅葉知弦。それを受けて、ハッとしたように司会が、少し鼻声で声をあげる。

えと……。

…………。

……とりあえず。

せ、正座はもうやめて、よろしいのかしら？

「人は何かを遺《のこ》すことによって、初めて永遠となれるのよ！」

会長がいつものように小さな胸を張ってなにかの本の受け売りを偉《えら》そうに語っていた。

彼女の今日の名言に、知弦《ちづる》さんが至極真面目《しごくまじめ》な表情で返す。

「いいえアカちゃん、若い処女の血を浴びたり飲んだりすることによって、永遠は得られるのではないかと私は考えているわよ」

「どうしてリアルな吸血《きゆうけつ》思想なのよ！　そういうのはいいの！」

ある意味では、知弦さんも相変わらずだった。こっちは成長が無いというよりは、昨年の時点で完成してしまっている感があるのだけれど。

会長は知弦さんを窘《たしな》めると、気を取り直してホワイトボードに具体的な議題を書き出した。そしてそれを強く叩《たた》いて注目を集めた。

「今年度の生徒会が、次代に何を遺すのか！　遺せるのかっ！　本日はこれを考えたいと思います！」

『はーい』

全員、気怠《けだる》い態度ではあるも応じる。この生徒会でまともに会長の議題が受け入れられるのはわりかし珍《めずら》しいが、まともな議題に無駄《むだ》に嚙《か》み付くこともあるまい。……面倒《めんどう》だし。

そんなわけで、会長の議題提示を受けて、俺は至極真面目にキリッと切り出した。

「分かりました。つまり、今から全員で子作りをしようと、そういう話——」

『ではない』

「ですよね」

全員からハンパない殺意を向けられたので、すごすごと引き下がる。……うん、色んなイベントを皆で消化した割には、このハーレムメンバーの俺に対する扱《あつか》いも変わっていなさすぎる——というか、悪化さえしている気がするのは、気のせいと思っておこう。うん。

……え、なんだよお前ら読者、そんな目で俺を見て。ははは、安心しろよ、物語開始当初より状態が悪化しているラブコメ最終巻なんて、あるわけないじゃないか、なあ？

……………………………。

「……うぅ」

「キー君何急に泣いているの⁉　どうしたの⁉」

「ただの思春期なので気にしないで下さい。会議を続けましょう」

自分で仕切り直して、会議に臨《のぞ》む。

しかし最初から俺の奇行《きこう》なんて気にしちゃいなかったのか、隣《となり》の席のクラスメイト副会長が呟《つぶや》いた。

「遺すモノっつっても……なぁ」

深夏《みなつ》が椅子《いす》をぐらぐらやりながら、テキトーなアイデアを提示する。

「火の意志、とかか？」

「それは木《こ》の葉の里に継承《けいしょう》されていれば充分《じゅうぶん》だよ！」

「呪《のろ》われた風習とか」

「むしろ遺さなくていいよ！　っていうかないよそんなの、碧陽《へきよう》には！」

「……いえアカちゃん、それが実はね――」

「き、聞きたくない！　あー、あー、あー！」

知弦さんが何か重大なタブーに触《ふ》れようとしたところで、会長が耳を塞《ふさ》いで大声を出す。

……確かにそれは、俺達も知りたくない。知らずに卒業したい。

深夏が「むぅ」と再び考えこみ、知弦さんと会長は未《いま》だちょっとしたＳＭプレイの最中なので、仕方なく残りの俺と、会計の真冬《まふゆ》ちゃんで会議を進めることにする。

　真冬ちゃんは今の今まで読んでいたBL同人誌数冊をトントンと揃《そろ》えると、ポケットからDSのソフトらしきものを出し、やれやれといった様子で提案してきた。

「仕方ありませんね。では真冬が、この風来《ふうらい》のシ○ン最難関ダンジョンの99階、最後の階段を降りる直前まで進めた中断データを――」

「いや真冬ちゃん、それはかなり無価値だよ。ゲームは自分でやってこそだろ」

「う、先輩《せんぱい》のクセに正論を。……で、ではでは、このモン○ンやファンタ○ースターポータブルやタクティクス○ウガやペル○ナやスパ○ボ等の最強データがぎっしり詰《つ》まったメモリースティックを――」

「ゲーム雑誌の付録じゃないんだから！」

「うぬぬぅ……」

「そ、そんな唸《うな》らんでも。まあ、自分の育てた最強データを他人に見せたい気持ちは俺も分からないじゃないけども。多分次の生徒会には要《い》らないよ」

「分かりました。では真冬は、この先輩と中目黒《なかめぐろ》先輩の蜜月《みつげつ》を描《えが》いた真冬作同人誌シリーズ四十五冊だけを遺すことにしますです」

「来年の生徒会初仕事は、焚書《ふんしょ》になりそうだぜ」

「な、なんてことを！」

「こっちのセリフだよ！」

「もう、しょうがない先輩ですね。では真冬セレクションの三十冊だけで手を打ちます」

「そういう問題じゃないから！　一冊でも遺したら意味ないいんだよ！」

「そんな、まるで分裂増殖《ぶんれつぞうしょく》系モンスターみたいな扱いしなくても……」

「まったく。そんなモノ遺すぐらいなら、この、俺が攻略《こうりゃく》しきったエロゲデータを遺す方がよっぽどいいじゃないか」

「それこそクリアデータが一番無価値なジャンルですぅ！」

「な、なんだと!?　分かってないな真冬ちゃん、CC閲覧《えつらん》や回想モードがある分、エロゲのクリアデータの価値は大分高いと言え――」

「はいはい、そこ、レベルの低い争いしない」

俺と真冬ちゃんがヒートアップしていると、いつの間にか会議に復帰していた会長に止められてしまった。

「そもそも、私物遺そうっていうのがおかしいの！　そういうのは自分の寿命《じゅみょう》の時に家族にあげて！」

「いえアカちゃん、彼らの遺したいモノは親族さえも要らないいんじゃないかしら」

知弦さんの酷《ひど》い発言はさておき、まあ、確かに会長の言うことはもっともだ。俺達の私物遺したってしゃーない。とはいえ……。

『…………』

改めて考えてみると、パッと何も思いつかない。意外にも難題で、生徒会室に予想外の沈黙《ちんもく》が訪れてしまった。

しかしその停滞《ていたい》の中、深夏が動き出す。

「しゃーねーな。出来ればやりたくなかったんだが……」

言いながら、椅子を引き立ち上がる彼女。皆がぽかんと見つめる中、深夏は妙《みょう》にシリアスな顔で、ちょいちょいっと俺にも立ち上がるよう促《うなが》してきた。意味が分からないまま求められる通りに立ち上がり、深夏に対峙《たいじ》する。

「鍵《けん》。知っての通り、あたしはお前が好きだ」

「……はぁ」

「なんだその態度は！　もっと気合い入れて喜べよ！」

「じゃあもっと素直《すなお》に喜べるデレ方してくれよ！　なんか勝手なんだよ、お前のデレ！」

「……鍵。好きだ、愛してる、あたしにはお前が……必要なんだ」

急に深夏がしおらしくなって頰《ほお》を赤らめ、ちらちらと俺を窺《うかが》ってくる。……なんだこりや！　たまらん！　たまらん！　たまらん！

俺は心の奥から溢《あふ》れてくる萌《も》えとも欲情《よくじょう》とも恋愛《れんあい》感情とも分からないごった煮《に》のドピンク感情を抑《おさ》えきれず、思わず彼女の肩《かた》をガッと摑《つか》み、そのままの勢いで唇《くちびる》と唇を近づけた！

「み、深夏！　俺も……俺もッ！」

——が、瞬間《しゅんかん》冷たい目になった彼女に手首をぐるんと捻《ねじ》られたと思ったら、次に気付いた時には俺は腰《こし》と両手首の痛みに生徒会室の床《ゆか》を醜《みにく》くのたうち回っていた！　なんで!?

「鍵、今は恋愛の話がしたいわけじゃねーんだよ。うぜぇ」

「ちくしょう！　だからお前のデレは勝手だって言うんだよぉおお！　うぅぅぅぅ……」

深夏の足下《あしもと》で女々《めめ》しく、さめざめと泣く俺に、深夏は勿論《もちろん》、生徒会メンバーの皆《みな》さんの視線も冷ややかだ。「それはさておき」と、この惨憺《さんたん》たる有り様をなんでもないことのように無視して、深夏が話を続ける。

「鍵、立て。話はまだ終わってない」

「俺の手首は終わりかけだけどな。くそ……いてて、ほら、立ったぞ」

「よろしい。ときに鍵、お前は来年も生徒会やる可能性高いんだよな？」

「ん？　まあ人気投票も優良枠《わく》もそう簡単なものじゃないから、どうなるかは分からんけ

ど……とりあえず、入れるよう最大限努力しようとは思っているよ」

俺がそう答えると、深夏は「そうか……」と妙にシリアスに受け、室内だというのに空を仰《あお》ぎ見《み》るような仕草をした後……生徒会全員が何事かと見守る中、厳《おごそ》かに、告げた。

「ならば今こそお前に託そう、椎名《しいな》流神拳最終奥義《おうぎ》……『輪廻する絶望の弾幕《エンドレスカーテン》』を！」

「いらねぇよ！」

いつの間にかとんでもないモノを託されかけていた！

「っつうか聞いてなかったのかよさっきの会長の言葉！　私物遺してどうすんだよ！」

「私物じゃないよ、秘伝だよ？」

「可愛く言っても無駄だ！　っつうかなんで俺が椎名流を継《つ》がにゃあならん！」

「そ、それは、お前……」

深夏がぽっと頬を赤らめる。瞬間、俺も悟《さと》ってしまった。そ、そうか、俺が椎名流を継ぐってことは、つまり、遠回しに婿入《むこい》りを――

「この技《わざ》、使った当人死ぬしさ」

「滅《ほろ》んでしまえ椎名流！」

俺が願うまでもなく滅びそうだがな！

「っていうかお前、本当に俺に惚《ほ》れてるんだよなぁ!?　なぁ!?」

「何言ってんだ、当たり前じゃないか。あたしはお前の事が世界で一番好きだ」

「お、おぅ……そ、そうか。その……て、照れるな」

「ちなみに二番はストIIボーナスステージの車、三番は無双《むそう》シリーズの雑魚《ざこ》集団だ」

「完全にサンドバッグカテゴリーじゃねぇかよ！　それは恋愛じゃねえ！」

「じゃああたしの、この、お前を見ていると込み上げてくる熱い――煮えたぎるような暴力的感情は、なんと呼べばいいんだよ！」

「殺意だろうな！」

「失礼な。あたしこう見えて、一切悪気は無いんだぞ」

「じゃあもうただの狂気《きょうき》だよ！　生まれつきの修羅《しゅら》だよ！」

「違《ちが》うんだ鍵。あたしがこんなにも狂《くる》おしく殴《なぐ》りたいのは……お前、だけなんだ」

「そんなセリフ、しおらしく言われても萌《も》えないからな!?」

「……おにーちゃぁん、みなつぅ、おにいちゃんがぁ……とっても殴りたいの♪」

「萌え舐《な》めんな万年中二病」

「はあ？　中二病じゃねーし、全部リアル実力だし」

「ああん？　ヒロイン面《づら》するなら戦闘力《せんとう》誇《ほこ》ってんじゃねーよ」

二人、メンチを切り合う。到底《とうてい》、両想《りょうおも》いとは思えない構図だった。

見かねた知弦さんが「二人の仲がいいのは分かったから……」とテキトーな介入《かいにゅう》で会議の軌道《きどう》を元《もと》に戻す。

「何度も言っているように、私達は『生徒会として』何か遺《のこ》すべきなのよ」

「つまり、全員で子を生《な》すという俺の意見が、現状一番妥当《だとう》である、と」

『真剣《しんけん》に話し合うとしましょう』

俺以外の全員が気合いを入れ直していた。まったく、ツンデレさん達だなぁ。

「というわけで、皆《みんな》で遺せるモノを考えよー！」

会長が仕切り、そしてそのままの勢いで「私はねっ、私はねっ」とうずうずした様子で提案してきた。

「可愛いモノがいいと思うのっ！　クマさんとか！」

「クマさん？　俺達全員で木彫《きぼ》りのヤツとか、ぬいぐるみを作るとでも――」

「ううん、山で本物捕《つか》まえてくる」

「持て余すわ！」

「子熊《こぐま》だよ？」

「そういう問題じゃなくて！　来年の生徒会風景カオスすぎるでしょう！　役員五人にクマ一匹《いっぴき》って！」

「じゃあトラとかライオンでもいいよ？」

「なんでいちいち猛獣《もうじゅう》なんですか！　会長は次の生徒会に何を望んでいるんですかっ！」

「もふもふ感」

「OBの私物化甚《はなは》だしいなおい！」

もう駄目《だめ》だ。この人は駄目だ。最初から期待もしていないけど。ここは、理知的な人間に意見を求めよう。そうしよう。

俺は会長の意見を流すと、代わりに知弦さんに話を向けた。

「知弦さんは何を遺したらいいと思います？　生徒会として」

「そうねぇ……」

彼女はいつものように口元に指を持っていくと、ふっと理知的な笑《え》みを浮《う》かべた。

「誰《だれ》しもの心を欲望《よくぼう》色に染めてしまうような、莫大《ばくだい》な資金、かしら」

「すました顔でなに言ってんの!?」

「あ、ごめんキー君、やっぱり『手に取ると思わず使いたくなる禍々《まがまが》しい凶器《きょうき》』に変更《へんこう》して貰《もら》っていいかしら？」

「どっちにしろ通らないですよっ！　っていうか、知弦さんも次の生徒会に何を望んでいるんですかっ！」

「混沌《こんとん》」

「ＯＢの脅威《きょうい》甚だしいなぉい！」

ろくな卒業生のいない世代だった。……いや、卒業生だけじゃない。

「あ、そういう話だったら、あたし、フェ○トの聖杯《せいはい》的なヤツが遺したい！」

「真冬は掛《か》けると鬼畜《きちく》な性格に変貌《へんぼう》してしまう眼鏡を遺したいです！」

「この世代、ろくな役員がいやがらねぇ！」

『お前（先輩・キー君）が言うなっ！』

というわけで、またも会議は停滞という事態に陥《おちい》ってしまった。

俺はぐったりと項垂《うなだ》れながら喋《しゃべ》る。

「一旦《いったん》落ち着きましょう。結局皆、遺すモノが私物化しているじゃあないッスか」

「そうね。今キー君いいこと言ったわ」

「っつってもなぁ。『遺したいモノ』って訊《き》かれたら、そりゃ願望入るぜ」

「私物系封《ふう》じられたら、やっぱり真冬は特に言うことないです。困りました」

「ねえねえ、ところでクマさんどうして駄目なの？　ねえねえ」

話についてこれてないお子様一名はさておき、俺達は途方《とほう》に暮れていた。——と、そこにガラガラと扉《とびら》を開いて、女教師——生徒会顧問《こもん》の真儀瑠《まぎる》先生が姿を現した。

「おう、暇《ひま》かー」

なぜか「相《あい》〇」の課長的登場を果たした彼女は、顧問のくせに俺達に会議の様子を訊くこともなく自分の茶を淹《い》れると着席し、複数の菓子《かし》パンを机にどさっと置いて、ちょっとしたおやつ休憩《きゅうけい》を始めだした。

……まあ正直いつものことだから無視してもいいんだが、今は丁度会議が行《ゆ》き詰《づ》まっているところだ。俺は猫《ねこ》の手も借りるつもりで顧問にアドバイスを仰いでみた。

「次の生徒会に遺すモノなぁ……ずずずぅ……」

茶をすすりつつ宙を眺《なが》め、ぼりぼりと頭を掻《か》き、先生はテキトーな態度で応じる。

「そもそもお前らは。前の生徒会から何受け取った？　それ真似《まね》ればいいじゃないか」

『あー』

相変わらず身も蓋《ふた》も無いながら、妙《みょう》に鋭《するど》い意見を出す人だ。全員感心すると同時に、「なんか受け継いだっけ」とそれぞれ思いを巡《めぐ》らす。が……。

「……特に、何も貰ってなくねぇか？」

深夏の呟《つぶや》きに、俺達四人がこくこくと頷《うなず》く。なんとなく全員の視線が言い出しっぺの会長に向くと、彼女は「そりゃそうだよ」と開き直った。

「生徒会で次に何か遺そうっていうの、私の思いつきだもん！」

「つまり、慣例とかじゃないわけですね」

「慣例だよ。ここから、慣例になるんだよ。道は、私の後ろに出来るんだよ杉崎《すぎさき》」

「まず確実に次の生徒会は会長の通った道の逆に行くと思います」

今年の生徒会の模倣《もほう》をして、誰に何のメリットがあるというのか。しかしそうなると、また会議が振《ふ》り出《だ》しだ。俺は縋《すが》るように、真儀瑠先生に更《さら》に話を聞くことにした。

「じゃあ、先生が学生の頃《ころ》とかどうですか。卒業生が在校生に何か遺したりとかは……」

「私は生徒会なんかやってなかったぞ。帰宅部だったし」

「帰宅部？　なんか先生っぽくないですね。大人しくて」

「いやいや、帰宅部って言っても、霊《れい》能力者や特殊《とくしゅ》能力者や幽霊《ゆうれい》や巫女《みこ》や世界の王やらが集まって超常《ちょうじょう》的事件解決したりする系のアグレッシブ帰宅部だったからなぁ」

「そんな帰宅部があってたまるか！　冗談《じょうだん》はいいですから、とにかく、なんかないですか、遺すもののアイデア、部活動で先生が実際に後輩《こうはい》に遺したモノでもいいですよ」

「トラブルの種ぐらいかな」

「最低の先輩すぎるっ！　もっと他《ほか》に、ちゃんとしたモノは遺してないんですかっ！」

「そう言われてもなぁ」

先生は新しいパンを手に取り、開封《かいふう》、一口かじって飲み込んでからようやく先を続けた。

「大事なことは、去った者の意志に拘《かか》わらず、遺された者の中に遺るもんだからな」

「はあ……」

正直ちょっと深すぎて分からなかった。真儀瑠先生も詳《くわ》しく説明する気はないのか、それとも面倒《めんどう》になったのか、ひょいひょいと手を振って会議を放《ほう》り投げる。

「ま、生徒会が次の生徒会に遺すモノっていうのは、私にもよく分からんよ。部活動や友人関係のそれとは、完全に別モノだろう」

「そりゃあ、そうなんですが……」

「どうしてもアドバイスしろってんなら……うん、そうだ、顧問たるこの私に来年の昼食代を遺していくっていうのはどう――」

「よし皆《みんな》、『五人で』ちゃんと話し合おうじゃないか」

『はーい』

「その顧問に対する無礼な態度だけは絶対に引《ひ》き継《つ》ぐんじゃないぞ！　わかったな！」

必死な真儀瑠先生はさておき、改めて会議を再開する。

まず知弦さんが状況《じょうきょう》を纏《まと》めた。

「最初から言っていることだけど、まず、私物的なのは勿論駄目《もちろんだめ》ね」

「まさか、真冬の集めたイナズ○イレブンのカードまで駄目と言う気ですか？」

「うん、なぜそれを特例だと思ったのかしら真冬ちゃん。駄目に決まっているでしょう」

「じゃあ、あたしがまとめたこの『カ○ハメ波のコツ100』もまさか……」

「それはちょっと読みたいけれど！　とにかく駄目ったら駄目なのよ！　なんにせよ個人で遺すのはもう禁止。あくまで『生徒会』として、遺すモノを考えるのよ」

「じゃあもうカピバラさん遺すしかないねこれは」

「なにサラリともふもふ感遺そうとしているのよアカちゃん！　当然駄目よ！」

「この流れ……どんどん『子供を遺す』が有力アイデアになってきている気がする！」

「なってないわよ！　ああ、もう、仕方ないわね。じゃあ、ここは皆の意見を総合して、『戦争の概念《がいねん》を変える大量殺戮《さつりく》兵器開発技術』でいいわよね」

『いいわけあるかっ！』

「お前らがそもそも生徒会失格なんじゃないかと、今強く顧問として思うのだが」

そんな残酷《ざんこく》な真実は告げないで欲しかった。皆、自覚しているから。

流石《さすが》に会議が進まなさすぎるので、会長がこほんと咳払《せきばら》い。

「最後の暴走はさておき、知弦の意見は本当にその通りだよ。ちゃんと、皆で遺せるモノを考えよう？　子作り以外で」

「五人で遺せるモノ……ですか」

呟いて、俺は黙《だま》り込む。子供云々《うんぬん》は確かに冗談九割だが、それ以外に「共同で遺す」モノが中々浮かばないのもまた事実だ。

しばらく真儀瑠先生がパンをもそもそ食べる音だけが続いた後、最初深夏がすっと手を上げた。会長に「ん」と促《うなが》され、深夏がなぜか厳《おごそ》かに、ゆっくりと告げる。

「五人と言えば、思いつくのは戦隊モノだよな」

「それで？」

深夏のらしくない持って回った言い方に食いつく会長。俺達も注目する中……深夏は続けた。

「いや、それだけだけど」

「もうちょっとまとまってから発言しようよ！」

期待させただけだった！　深夏は「んだよー」と不満そうに口を尖《とが》らせた後、しばし宙を見て思考し、話を再開した。

「ちょっとでも会議の突破口《とっぱこう》になればいいだろ。連想形式とかでさ。ほら、なんだ……えーと……戦隊モノと言えば……バズーカ。バズーカと言えば……高田○次。つまりほら、○田純次を遺《のこ》していけばいいんじゃね？」

「来年の生徒会愕然《がくぜん》だよ！　全然突破口になってないよそれ！」

「い、今のはたまたまだよ。ちょっと突破口の先の道を間違《まちが》えただけだろ」

「いや、戦隊モノという入り口がそもそも間違っているんだと思うけど」

「そんなことねぇし。いいか？　最初から連想やり直して……こほん。戦隊モノと言えば、カラフル。『カラフル』と言えば、森○都。○絵都と言えば『風に舞《ま》い上が○ビニールシート』。……ほら、つまり、ビニールシートを遺せば——」

「片付けられて終わりだよ！」

「お、おかしいなぁ。もう一回やらせてくれ会長さん！」

「何回やっても、入り口が間違っているんだから……」

「戦隊モノと言えば、悪の組織。悪の組織と言えば、ロ○ット団。ロケッ○団と言えばニ○ース。○ャースと言えば小判。小判と言えば時代劇。時代劇と言えば水戸黄門《みとこうもん》。水戸黄門と言えば、勧善懲悪《かんぜんちょうあく》。勧善懲悪と言えば戦隊モノ。戦隊モノと言えば悪の——」

「ループしてるよ！　突破口どころか完全にゲームオーバーじゃない『戦隊モノ』！」

ていた。

というわけで、深夏の意見は全面却下《きゃっか》となったが、しかし、彼女の言うように黙っては突破口も見つからないのは事実。

俺はとりあえず考えながらでも喋ることにした。

「生徒会で遺すモノっていうのは……現実的に考えたら、かなり真面目《まじめ》なモノですよね。ほら、各種書類とか、マニュアルとか」

しかし俺のそんな意見に、会長は「えー」と口を尖らせる。

「そんなのつまらないよ！　私達が遺すモノは、もっとこう、楽しいモノがいい！」

「楽しいモノって……そんなん言ってたら、また初期の好き勝手議論に逆戻《ぎゃくもど》りッスよ」

「違うの！　皆《みんな》の欲望じゃなくて、でも、楽しいモノがいいのっ！」

「んなこと言われましても……」

俺達は会長のいつもの漠然《ばくぜん》とした要求に困り果てるも、まあ、言わんとしていることが分からないでもなかった。そもそも通常の業務引き継ぎなら、会議なんかするまでもなくやることだ。会長が遺そうって言っているモノは、そういうことじゃないだろう。

だがしかし、「楽しくて、個人の趣味嗜好《しゅみしこう》じゃないモノ」と言われても、そうそう思いつくわけもない。

真冬ちゃんが遠慮《えんりょ》がちに意見を出してくる。

「あのー、でしたらちょっと、発想を逆転してみたら如何《いかが》でしょうか。……チェス盤《ばん》をひっくり返したら如何でしょうか」

「なんでわざわざ言い直したか分からないけど、どういうこと？」

「はい。今真冬達は、『自分達が遺したいモノ』を考えてはぶつかったり見当外れだったりで失敗しています。ですから、今度は『次の生徒会が遺して欲しいモノ』を考えてみたら如何でしょうか」

「次の生徒会が遺して欲しいモノ……」

成程、確かにそれは今までに無い発想だった。俺達は顔を見合わせると、これこそいい突破口かも知れないと、それぞれ熟考を始める。

約一分後、皆がぽつぽつと口を開き出した。

「あたしだったら、そうだな、強敵との因縁《いんねん》を遺しておいて欲しいぜ！」

「真冬は変なセーブデータの入った味のある中古ゲーとか欲しいです！」

「私はねっ、私はねっ、絵本がいいなっ！　色んな絵本っ！」

「私だったら単純に活動資金かしら」

「俺は美少女役員が遺っていてくれればそれで……」

「今回のお前らの会議レベル低すぎないかっ⁉」

真儀瑠先生の厳しいツッコミに、流石の俺達も反省。改めて真面目に話し合うことにする。

「生徒会として遺して欲しいものって言ったら……それこそノウハウ的なことじゃないッスかね」

俺の意見に、会長がぷくっと頬《ほお》を膨《ふく》らませる。

「そういう真面目なヤツは、言われなくても引き継ぐってさっき言ったじゃない」

「いや、お堅《かた》いマニュアルじゃなくて。なんつーか、俺達の生《なま》の体験が盛り込まれたモノっていうんですかね」

「つまりキー君は、『部費の上乗せ申請《しんせい》にはどう対処するべきか』とか『学園祭を行う上で、気をつけておいた方がいいこと』みたいな、私達の言葉で書かれた何かを遺したらいいんじゃないかって言っているのよね」

「そうです」

頷くと、なぜか知弦さんはくすくすと笑い始めた。俺だけではなく他の役員達も首を傾《かし》げる中、知弦さんは「いえね」と続ける。

「そういうものなら、もう既《すで》に、あまりにぴったりなモノがあるものだから……」

「え。……あ」

俺が気付いたと同時に、知弦さんは「そう」と応じて、俺の起こした会議の原稿《げんこう》——つまり、この原稿を、取り出した。

「これさえ遺れば、次の生徒会に私達の想《おも》いや経験の殆《ほとん》どは……ちゃんと、引き継がれるんじゃないかしらね」

「……そう、かもしれませんね」

俺が応じると同時に、皆もまた、優《やさ》しげな表情で微笑《ほほえ》んだ。

真儀瑠先生が「ふっ」と笑い、丁度パンを全部食べ終わったのか、席を立つ。

「想いっていうのは物質的なモノなんか無くても遺るものだが、まあ、そういう想いが綴《つづ》られた記録媒体《ばいたい》が遺っているというのも、なかなかいいものかもしれないな。正直羨《うらや》ましいよ」

言いながらドアに向かい、「じゃな」と生徒会室を去って行く先生。……もしかしたら、先生にも「遺しておきたかった、ひととき」があるのかもしれない。

そういう意味で……先生の言う通り、俺達は、幸せ者かもしれない。

「まあ、次の生徒会が読んでくれるとは限らねーけどな」

深夏が少し茶化して笑う。確かにそうだ。彼ら、彼女らにこれを読む義務なんて一切ないし、そこから得られるモノがあるのかどうかも疑わしい。これに想い入れがあるのは俺達だけだということも、重々分かっている。

でも、それでも。

「うん……これは、正直私達全員の、共通した……完全な『私物』だけど……」

会長が知弦さんから原稿を受け取る。そうして、その場でゆっくり立ち上がると、メンバー全員を見渡《みわた》した後、笑顔《えがお》で告げた。

「だけど、遺していこう！　これは、この学園の生徒会室に、あってほしいもん！」

「……そうですね」

それは、客観的に見れば、ゲームのデータや好きな漫画《まんが》を遺すことと、大差無い行為《こうい》だと思う。だから、たとえ次の生徒会に読まずに捨てられてしまったって、何の文句も言えないし、むしろ、それで当然だとも思う。なんせ、これはまごうかたなき私物だ。

だけど。

それでも俺は、俺達は、「これをここに遺して」、先に進みたい。

今、心からそう思う。

――と、会長がなぜか、原稿を持ったまま俺の方に向き直った。それどころか、知弦さんも椎名姉妹も、皆俺の方を見ている。

よく意味が分からず戸惑《とまど》っていると、会長は俺に向かって「はい」と原稿を突《つ》きだした。

「え……あの……」

理由が分からないまま原稿を受け取り、立ったままの会長をぽかんと見上げていると、
彼女はなんの躊躇《ちゅうちょ》もなく、本当に自然に、サラリと——そのセリフを、告げた。

「というわけで、これは次の生徒会に託《たく》します！　頑張《がんば》ってね、杉崎！」


「……え」

ドクンと、心臓が高鳴る。

なぜか、額《ひたい》からイヤな汗《あせ》が噴《ふ》き出てきているのを感じた。

「頑張れよ、鍵！」

「先輩《せんぱい》、ちゃんと次の生徒会に渡《わた》すのですよ！」

「キー君に預けておけば安心ね」

皆は何も気にしている様子が無い。動揺《どうよう》しているのは俺だけ。……俺だけ。

俺は、ぎこちなく強《こわ》ばる顔をなんとか笑顔に作《つく》り替《か》えて、皆に調子を合わせて応じた。

「ははっ、任せておいて下さいよ！　次の生徒会に、俺のハーレムがどんなに素敵《すてき》だったか、ちゃんと伝えてあげますから！」

がくがくと膝《ひざ》が震《ふる》えていたのは、バレなかっただろうか。色々な気持ちが重なって、顔に動揺が出ていない自信がまるで無かったが、気付けば会長はいつものように「じゃあ、これにて会議終了《しゅうりょう》！」と今日の生徒会の終わりを告げていた。

皆が「お疲《つか》れー」等と声をかけあいながら帰り支度《じたく》をする間も、俺は全く動けずにいた。

「あ、先輩、今日も雑務ですか？」

幸いにも真冬ちゃんが勘違《かんちが》いしてくれたので、俺はそれになんとか乗っかる。

「ああ、そうなんだよ」

「んだよ鍵、水臭《みずくせ》ぇな。いっつも言ってるだろ、あたしはお前の事好きだって。だから、全然頼《たよ》ってくれていいんだぜ？　好きなヤッと一緒《いっしょ》にいるのは、楽しいんだからな！」

深夏のデレ――いや、愛情に少し涙《なみだ》が出そうになるも、俺は気を張って応じる。

「い、いや……その、ほら、卒業式に関することだからさ。卒業生は勿論《もちろん》、転校するお前らにもナイショで……水面下で進めたい企画《きかく》とか、あるんだって。察してくれよ」

それは半分本当だった。送り出される側には見せたくない作業も、確かにある。ただ……それは今日やる作業では、なかったが。

しかしそう言われては深夏も食い下がれない。「そうか」とちょっと照れた表情を見せると、素直に引いてくれた。

「じゃあ杉崎、また明日《あした》ねー！」

会長を皮切りに、皆《みんな》が俺に声をかけて、手を振《ふ》り、生徒会室を出て行く。

俺は彼女達の背を見守りながら……心の奥底から襲《おそ》いくる感情に、じっと耐《た》えていた。

そうして、ばいばいと戸の隙間《すきま》から可愛《かわい》らしく手を振る会長になんとか笑顔で手を振り返し——ぴしゃりと閉まったところで。

俺は、思わず、机に伏《ふ》せった。

「…………」

どうして。

どうして俺は、託される側、なんですか。

どうして俺は、皆と一緒じゃ、ないんですか。

どうして俺だけ……ここに、遺《のこ》されるんですか。


「………分かってた、ことじゃないか。……何を……今更《いまさら》……」

自分で自分にそう言い聞かせるも　動揺は収まらなかった。

皆が、あまりに自然に、俺に原稿を「託す」ものだから。

皆が、あまりに自然に、俺を「託される側」に置くものだから。

皆が、あまりに自然に、ここを……去って行く、ものだから。

「………俺だけ、違《ちが》うん、だな」

皆は、卒業や転校で、碧陽学園自体と別れ、しかし前を向いて旅立っていくというのに。

俺は……。

俺は……来年もここで、やって、いくんだな。

皆との思い出が遺る、この生徒会室に。

皆との思い出が遺る、この学園に。

来年も、通い続けるんだ。

一人で。

…………。

新しい生徒会役員も、友達もクラスメイトも、皆、当然居てくれるのだろうけど。

でも。

一人だ。

今の生徒会で俺だけ、一人、なんだ。

会長と知弦さんは同じ大学で。姉妹も、当然離《はな》れずに暮らす中。

俺だけ、一人、なんだな。

俺だけ、遺されるんだな。ここに。

皆が、居た、ここに。

「…………あれ」

おかしいな。そんなこと、とっくの昔に覚悟《かくご》していたじゃないか。その上で、この一年を楽しく過ごそうって、そう思って、やってきていたじゃないか。

なのに……なんで今更……こんなに……。

「…………」

冬の、いつの間にか日が落ちてしまってほの暗い生徒会室の中。

俺は雑務に励《はげ》むでもなく、ただただ、呆然《ぼうぜん》と、しばらく机に突っ伏《ぷ》したままだった。

【卒業式――転校生挨拶――】

さて気を取り直しまして！　次いきますわよっ、次っ！

え、なんですの紅葉知弦《あかばちづる》、こちらを不満そうに見つめて。貴女《あなた》が妙《みょう》にしんみりさせたのは事実でしょう。――いえ別に悪い挨拶《あいさつ》とは言ってませんわ。

生徒会らしい、くさい挨拶ではあったと思いますが。

おーほっほっほ、まあまあ真っ赤になってしまいまして。可愛いですこと紅葉知弦！　やりましたわ！　卒業式にてわたくし、ついに貴女より上に立――い、今何か言いましたか二年B組の星野巡《ほしのめぐる》！　にゃー！　二回も言いましたわね！　泣いてませんわよ！　紅葉知弦の挨拶なんかで、全然泣いてなんかいませんわよ！　言いがかりもいいとこですわ！

っぅぅ～！　か、代わりませんわ！　なにをニヤニヤしていらっしゃいますの！　司会は、わたくしが続行するに決まっているでしょう！　アイドルだからって出しゃばらないで下さいまし！

まったくこれだから二年B組の生徒は……あ、そういえばこのクラス、今年で転校する方が二名もいらっしゃるじゃありませんの。

そうですわね、ではわたくしに恥《はじ》をかかせた代償《だいしょう》として、まずそちらのＢＬメガネ——

そ、そんな涙目で首を横に振らなくても。そ、そこまで恥《は》ずかしがられると、このわたくしでも無理強《むりじ》いを躊躇《ためら》いますわね……。なんですの、貴方《あなた》のその溢《あふ》れんばかりの「とんでもなく可哀想《かわいそう》な被害者《ひがいしゃ》に見える」才能。仕方ありませんわね……そこまで全校生徒の前がいやでしたら、貴方は卒業式後に予定されている二次会に挨拶を回すことにしまして、と。

はい、そんなわけで椎名《しいな》深夏《みなつ》、出番ですわよ！

あら、意外と物わかりよろしいですわね。では、よろしくお願い致《いた》しますわ！

＊

二年生の座る列の中から、面倒《めんどう》そうに頭を掻《か》きつつも立ち上がる少女。彼女は「ま、予想はしてたしな……」等とぶつぶつ言いながらも、あまり気負った様子も無く、一応軽く礼はしつつも自然体のまま壇上《だんじょう》へと上がった。

あー……その、生徒会副会長の、椎名深夏です。つっても、この挨拶は生徒会役員としてじゃなくて、今年で転校する生徒の一人として、みてーなんだけど。まあなんでもいいか。

とりあえずあたしのことは置いておいて、まず、卒業生の皆《みな》さん、おめでとうございます。ん、正直あんまこういう堅苦《かたくる》しい行事は好きじゃねーんだけど、なんか、今日この日だけは、ここに参加出来ていることが素直に嬉《うれ》しいです。

真儀瑠《まぎる》先生と同じになっちまうけど、この学校で三年過ごしたっつうのは、胸を張って誇《ほこ》れることだと思います。本当におめでとうございます！

……さて、えーと、それで、あたしの話だけど。あ、こっからはいつもの口調でいっかな？　いや、ですます調で喋《しゃべ》ろうとすると、うまく自分の気持ち伝えられそうになくてさ……。先生方、ちょっとだけ目をつぶってくれ。な？

えと……それで、なんだけど。

藤堂先輩《とうどうせんぱい》の紹介《しょうかい》にあったように、あたしも……というか、あたし達姉妹も、今日でこの学園を去るんだ。

あ、具体的には春休み中に引《ひ》っ越《こ》して新学期からあっちの学校なわけだけど、まあ、基本的には今日が最後のまともな登校なわけで。

だから、皆とこうして学校で会えるのは、あたし達も、今日で最後でさ。

……………。

……そ、そこのバスケットゴール。あたしが何度もダンクして、ちょっと壊《こわ》しちまっては何度も補修したんだよな。えっと、傷物残しちまってごめんな。

あ、それに、そこ……一年生が座っているあたりにある、床《ゆか》の黒い痕《あと》。あたしがバレーでアタックした時のヤツなんだ。板が芯《しん》から焦《こ》げちまっているみたいで、うまく汚《よご》れ落とせなくてよ……それも、ごめんな。

そうそう、グラウンドにあるサッカーゴールの網《あみ》も何度も破っちまったし、骨組みのところもちょっと歪《ゆが》ませちまっているし、あー、この際だから暴露《ばくろ》しちゃうと、一時期怪談《かいだん》にまでなっていた、多目的ホールの高い天井《てんじょう》付近についた謎《なぞ》の手形は、あたしのだ。学園祭の準備手伝っている時にやっちまって……その、ペンキついたままだったから……。大《だい》丈夫《じょうぶ》、転校前にちゃんと綺麗《きれい》に拭《ふ》いておいたから！　ま、まあそのせいで「謎の手形が突《とつ》如《じょ》消失!?」と余計噂《うわさ》になっちまったことは、大変遺憾《いかん》に思っております……はい。

それに……それに……。

…………。

ああ、ダメだな、この学校にあたしが言い残したいこと、沢山《たくさん》ありすぎて、いつまでも喋っちまいそうだぜ。

ほんと……。

………。

ほんと……あと一年、居たかった、なぁ……。

あたしも……ここを、卒業、したかった、なぁ……。

……ははっ、ごめんな、あ、あたしもびっくりだ。全然、涙《なみだ》なんか、流すつもり、なかったのにな。なんだこれ。こういう女々《めめ》しいの、一番嫌《きら》い、なのに。

は……は。

………。

あ、あたしはさ。

この学校、大好きだ。

五月蠅《うるさ》いぐらいに賑《にぎ》やかな教室が好きだ。

いつも笑い声の響《ひび》く廊下《ろうか》が好きだ。
挨拶のたえない玄関《げんかん》が好きだ。
優《やさ》しい先生達がいる職員室が好きだ。
運動部の活気の溢れるグラウンドが好きだ。
全校生徒の皆《みんな》が集まる体育館が好きだ。

そして……。

最高の友人達の集まる生徒会室が、大好き、だったんだ。

………。

もう、あたしが、この学園に通うことは、ないんだ、な。

…………。

だ、だけどさ。

こ、こんなに泣いちまって、説得力、ねぇかもだけどさ。

あたし、それでもやっぱ、「明日《あした》」が、楽しみだ。
転校先で、新しい友達を作るのが楽しみだったりするのは、勿論《もちろん》だけどさ。
なにより。

今度、皆と会うのが、たまらなく、楽しみなんだ。

この学園はさ、まだ、あるんだよな。
あたしが残しちまった、数々の傷なんかもさ。
……ずっとずっとあるわけじゃ、ねぇけどさ。
それでも、あたしが通わなくても、まだ、ちゃんと、あってくれてさ。
それってさ。その事実ってさ。
なんか、凄《すご》く、あたしの支《ささ》えになってくれそうだなって。
そう、思えるんだ。……そう思えるように、この学園で、なれたんだ。

だから、あたしはこの学園に通えて、本当に良かった。
うん……良かったからこそ、大事だからこそ、やっぱ、その、泣いちまうけどさ。
でも、ここに二年通えて、本当に幸せだった。
この学校の思い出があるからこそ、あたしは、ちゃんと次に向かって歩ける。
皆に背中を支えて貰《もら》っているからこそ、未来だけを見据《みす》えて、前に進める。

……うん、そんなわけで、あたしからは——。
あ、そうだ、一つここで、宣言しておきたいことがあったんだ。
えっとさ。

あたしは、次の学校でも、生徒会役員になろうと思ってんだ！

そしてさ。
言ってやるんだよ、卒業式で。
この素晴《すば》らしい学校で一年過ごせて、良かったってさ！

へへ……この碧陽学園《へきようがくえん》には絶対負けないよう、あたしも頑張《がんば》るかんな！

つうわけで、お前ら……特に、来年もこの学園で生徒会役員やるであろう、愛するエロゲ男！　あたしのライバルとして、ちゃんと頑張るんだぞ！

あたしも、昔のお前と同じく、また一から自分の手で幸せを作り上げてみせるからよ！

あ、そうそう、運動部！　お前ら、もうあたしに助《すけ》っ人《と》頼《たよ》れないんだからな！　しっかりしろよな！　ちゃんと練習しろよな！

そして……。

来年の各種全国大会で、当然あたしと勝負だぜ！　くぅ〜熱い！　なんかその展開考えたらすっげぇ盛り上がってきた〜！


っつうわけで！

生徒会副会長で二年Ｂ組で運動部助っ人で……実は恋《こい》する乙女《おとめ》の、椎名深夏っした！

じゃ、またな！

＊大きくぶんぶんと手を振《ふ》って、笑顔《えがお》で——しかし相変わらず涙で頰《ほお》を濡《ぬ》らしながらも退場する椎名深夏。それを受けて、司会再登場。

椎名深夏さんでしたわ。

…………。…………。……ちょっと、お待ち下さいませ。

…………。

……ぐす……まったく、これだから、生徒会役員は……。

う、うるさいですわよそこ！　桜野《さくらの》くりむ！　泣いてませんわよ！　ぜーんぜん、泣いてなんかおりませんわよーだ！　自分こそ、卒業式始まってから殆《ほとん》どびえーんびえーん言ってるクセに——こ、こほん。失礼いたしました。

で、では、次の挨拶《あいさつ》は——

【お送りしましたは生徒会】

♪　ちゃー、ちゃーらー！　♪

会長「今週気付いたこと」
杉崎《すぎさき》「遂《つい》にオールナイトどころかJ○NK！　深夜の馬○力！」
会長「杉崎うるさい！　やりなおし！　こほん。今週気付いたこと」
杉崎「…………」
会長「私達は、ライトノベルだったんだよ！」
杉崎「とんでもねぇこと気付きやがったぁ――――！」
会長「桜野《さくらの》くりむのオールナイト全時空！　最終回拡大百五十時間生スペシャル――――！」
杉崎「パーソナリティ死ぬわっ！」

♪　オープニングＢＧＭ　♪

会長「ねえねえ皆《みんな》。ライトノベルって、基本、全部予定調和の作り話なんだからね」
杉崎「冒頭《ぼうとう》から言うなよそんなこと！　毒舌《どくぜつ》ラジオテイストにも程があるわ！　あとうちの会議が予定調和だったことなんて過去一度もねぇ！」
会長「さて、と。……つい先日家電量販店《りょうはんてん》に行ったんだけど、そこの店員さんが曲者《くせもの》でしてねー。可愛《かわい》いＵＳＢメモリを探してた時に――」
杉崎「会長、会長。そのフリートーク、長くなるんでしょうか」
会長「二時間ぐらいかな」
杉崎「じゃあもう一人でラジオやれよ！　俺達帰らせてくれよ！」
会長「しょうがないなぁ。じゃあ、Ｔ○Ｓテイストはこれでやめるとして」
杉崎「最初からやめましょうよ。仮にもオールナイトを冠《かん》しておいて……」
会長「はーい、じゃあ、とりあえずいつもの挨拶から。せーの！」
女子一同『こんばっぱー！』

杉崎「悔《くや》しいけど、なんかその挨拶定着してきた感があって最早《もはや》ツッコめないッス」
会長「そんなわけで、今日もこの四人でお送りしたいと思いまーす」
杉崎「おいこら、今サラリと誰省《だれはぶ》いた」
会長「……なんかさ。『可愛い女子四人のラジオ』と、『可愛い女子四人＋キモい男子によるラジオ』との間には、かなりの需要《じゆよう》差があると思うんだよね」
杉崎「会長のクセに鋭《するど》いことを！」
真冬《まふゆ》「それが、ら○すたやレール○ンと生徒会との間にある埋《う》めがたい差ですよね」
杉崎「シリーズ最終巻にして、主人公まさかの要《い》らない子説！」
深夏《みなつ》「鍵《けん》、愛してるぞ」
杉崎「愛さえあれば他《ほか》に何も要らないと思ったら大間違《おおまちが》いだ！」
知弦《ちづる》「キー君がいるから、私達、より輝《かがや》けるのよ」
杉崎「つまりお前はただの引き立て役だと！　そういうことですよねぇ!?」
会長「まあ、スタッフいじりはこの辺にしておいてと」
杉崎「いつの間にか裏方に降格しとる！」
会長「では皆のエンジンかける意味でも、今日の一曲目、盛り上がっていってみよう！」

杉崎「また会長達が歌う妙《みょう》な曲かけるんですか……」
会長「中島み○きさんで、『うらみ・○す』」
杉崎「まさかのチョイス！」

～『う○み・ます　フル放送』～

会長「……はい、中島○ゆきさんで、『うら○・ます』でした」

女子全員『……いぇーい』

杉崎「だろうねっ！　そりゃそんなテンションにもなるよ！　なんで一曲目にこれ持ってきたしっ！」
会長「では続けて二曲目、是非《ぜひ》うっとり聞き入って下さい。『暗い日曜――」
杉崎「なんの嫌《いや》がらせだっ！　リスナーをどうしたいんだよっ！」
会長「え、私の信念は一巻から全くブレず『楽しいこと第一』だけど」
杉崎「最終巻にて完全にブレてるじゃねぇか！　はいはい、もう曲コーナー終わり！」

会長「そう？　仕方ないなぁ。では次のコーナー！　『ころけん』！」
杉崎「それも飛ばせっ！」
会長「うぅ、ワガママスタッフだよ……。じゃあ……今回の目玉企画《きかく》行く？」
杉崎「そんなのあるんですか？」
会長「うん。ではでは、こほん。『即興《そっきょう》ラジオドラマ』〜！　どんどんぱふぱふ」
杉崎「あー、ラジオドラマはいいと思うんですが、即興ってことはつまり……」
会長「そう！　台本は無し！　笑福○鶴瓶《つるべ》さんのスジ○シ的なラジオドラマだよ！」
杉崎「既《すで》にカオスの予感！」
深夏「でも、面白《おもしろ》そうじゃねーか」
真冬「アドリブ劇はカオスな方が総じて面白いと真冬も思います」
知弦「ある意味このメンバーにはぴったりなコーナーだとは私も思うわよ」
会長「でしょう！　ちなみに、私はナレーションをやるからね！」
杉崎「まあラジオドラマなんで状況《じょうきょう》や心情解説はないといけないでしょうが……会長、大《だい》丈夫《じょうぶ》ですか？」
会長「だ、大丈夫だよ！　タイタニック号に乗ったつもりでどーんと任せておいてよ」
杉崎「大勢乗せて沈《しず》みますよね」

知弦「アカちゃん、ただ物語の主導権握《にぎ》りたいだけでしょう」
会長「ぎくり。……そ、そんなことないもん。あくまでメインは役者のアドリブだもん！」
杉崎「じゃあ……まず、舞台《ぶたい》の設定とかキャラ設定とかを決め――」
会長「ないよ！」
杉崎「え？」
会長「だから言ってるじゃん、全部アドリブだよ！　設定も場所も何もかも！」
杉崎「そりゃまた難易度の高い……」
会長「大丈夫！　ある程度の設定はナレーションたる私が舵《かじ》をとるから！」
杉崎「余計難易度が高い予感！」
会長「とにかく、行ってみよう！」

ラジオドラマ「アドリバーズ」

ここは……えーと、そう、熱帯のジャングル。ケモノの鳴き声が木霊《こだま》する中を、彼――
杉崎鍵は一人、歩いていました。

杉崎「え……ええ!? ちょ、俺、なんで急にそんな状況——」

杉崎鍵は、歩いていましたっ！

杉崎「ぐ……。……こほん。……はぁはぁ。暑い……。もう、何日もまともに食事とれてないし……くぅ、このままじゃ倒《たお》れてしまいそうだ……」

よしよし。……あ、こほん。彼、杉崎鍵は既《すで》に体力の限界でした。足はふらつき、体は傷だらけ、意識は朦朧《もうろう》とし、なにより頭がとても悪いです。

杉崎「最後のはなんか違《ちが》う！」

彼はわけのわからないことを喚《わめ》き散らしていました。

杉崎「俺本格的に危ない子設定かよ！」

完全に錯乱《さくらん》気味のようです。もう一刻の猶予《ゆうよ》もありません。

ジャングルの中、彼が遂《つい》に膝《ひざ》をつき、倒れそうになったその瞬間《しゅんかん》でした。そんな彼を発見して慌《あわ》てて歩み寄る、一人の人物の影《かげ》が！

『…………』

杉崎「いや誰か出て来ようよ！」

一人の人物の影が！……影が！……影がったら影がっ！

深夏「……大丈夫かぁー……」

杉崎「やる気なっ！」
　そこに現れたのは……そう、このジャングルで同じく遭難《そうなん》中の深夏でした。
深夏「あたしも遭難中設定なのかよ……」
　か、彼女も錯乱気味のようで、わけのわからないことを呟《つぶや》きつつも、倒れかけていた杉崎鍵に手を差《さ》し伸《の》べます。
深夏「仕方ねぇな……ほらよ」
杉崎「お……おお、サンキュ、深――」
　彼は突如《とつじょ》現れた見知らぬ少女の手に掴《つか》まり、立ち上がりました。
杉崎「……。ど、どなたか知りませんが、ありがとうございました」
深夏「ああ、気にすんなよ。あたしは深夏。…………。……史上最強の格闘家《かくとうか》だ」
杉崎「自分で設定作りやがった！」
　彼はまだ錯乱気味なのか、相変わらず意味不明の言葉を発してます。
　……えーと、うん、とにかく、二人は自己紹介《しょうかい》をすることにしました。
杉崎「俺は杉崎鍵。十七歳。学生だ。えっと、ここには……そう、旅行中に船が難破して、辿《たど》り着《つ》いたんだ」
深夏「それは大変だったな」

杉崎「ああ。……深夏は、どういった経緯《いきさつ》でここに？」
深夏「ん、あたしは……。……ブラックホールの近くで闘《たたか》っていたら時空が歪《ゆが》んでここに」
杉崎「それこそ大変だったな！」
二人は自己紹介を終えると、深夏の案内で近くの泉にまで向かうことになりました。泉に近付くと、なにやらパシャパシャと水音が。そぉっと近付いてみると、なんとそこでは、ないすばでーな女性が水浴びをしているではありませんか！
知弦「……きゃー、のび太さんのえっちー」
二人『やる気ねぇ！』
というわけで、ちょっとしたサービスシーンを盛り込んだ後、着替《きが》えとかなんやかんやあって、再び自己紹介、はいドン。
知弦「私は知弦よ。ここに居た理由は……。…………」
杉崎「理由は？」
知弦「……ちょっと、誰にも見つからない場所に埋めたいものがあって」

杉崎「そ、そうですか。ところでどうしてこんな場所で水浴びなんか――」

知弦「それは、返り血を――」

杉崎「わー！　聞きたくない！　それらの設定、全部聞きたくないですー！」

半狂乱《はんきょうらん》になる杉崎。なんやかんやで、ミステリアスな女性、知弦を仲間に入れて、一行の旅は続きます。ちなみに面倒《めんどう》なので、それぞれの呼び方はいつも通りで。

杉崎「テキトーな……。……えーと、とにかく、なんか俺達は遭難しているみたいです。ここは、力を合わせてこのジャングルを脱出《だっしゅつ》しましょう！」

二人『おー』

団結する、三人のメンバー。しかし、直後にあんな悲劇が起ころうとは……この時の彼らは予想だにしていなかったのだった。

三人『不吉《ふきつ》な前フリすぎる！』

とにもかくにも、ジャングルの中を彷徨《さまよ》う三人。――と！　突如として脇《わき》の草むらがガサガサと揺《ゆ》れ出した！

深夏「はっ！　これはもしやさっきの前フリの……！　畜生《ちくしょう》、やられてたまるか！　先手必勝！　超《ちょう》必殺・電光石火大破壊正拳突《はかいせいけんづ》きぃ――――！」

説明しよう！　深夏の必殺技、電光しぇっか……なんたらかんたらは、目にも留まらぬ攻撃《こうげき》で、それを喰《く》らった対象を確実に死に至らしめるのだ！
杉崎「流石《さすが》深夏！　頼《たよ》りになるぜ！」
知弦「死亡フラグをへし折るなんて……熱いわ、深夏！」
盛り上がるメンバー！　深夏がどや顔をする中、攻撃を喰らった何者かが断末魔《だんまつま》の呻《うめ》き声《ごえ》を上げる！

真冬「げふぅ――――――――――――――――――――！」

二人『ま、真冬ちゃぁああああああああああああああああああああん⁉』

そう、草むらからごそごそ出て来ようとしていたのは、もう一人の生存者、真冬ちゃんだったのだ！　あまりの攻撃力に激しくぶっ飛んでいく真冬ちゃん！

深夏「ま、真冬ぅぅうううううううううううううううううううう！」

キラリと星になる真冬ちゃんを絶望的な表情で見守る三人。……悲劇は、こうして起こったのだった。

杉崎「不吉な伏線《ふくせん》がまさかのカタチで的中！」

ぐったりと項垂《うなだ》れる三人。特に深夏の落胆《らくたん》は激しかった。まさか生存者を自《みずか》らの手で葬《ほうむ》ってしまうとは……。彼女は、後悔《こうかい》の念に打ちひしがれていた。
深夏「いや、今のはあたしじゃなくて、ナレーターも悪――」
　彼女は自分を責めていた！　全《すべ》て、自分の責任だと、心を傷《いた》めていた！
深夏「……く、あ、あたしのせいだ……あたしのせいで、真冬が……」
……そういえば、真冬ちゃんの自己紹介はまだしてなかった気がするけど……うん、全員なぜか彼女とは既に知り合いだったのだ。それぞれが真冬ちゃんとの思い出（後付設定）を唐突《とうとつ》に語り出す。
杉崎「え、えーと……。真冬ちゃんは俺と一緒《いっしょ》に、難破した船に乗ってた人なんだ……」
深夏「そうだったのか。あたしと真冬は、まあ、普通《ふつう》に姉妹だ」
知弦「私と真冬ちゃんは……そうね。たとえるなら、キュ○べぇとま○か的な関係ね」
杉崎「いやな予感しかしねぇ！」
　とにもかくにも自己紹介が済み、色々面倒なので話は進んで、三日後。
　三人は、未《いま》だジャングルの中を彷徨っていた。とぼとぼと力ない足取りで、それでも前に進み続ける三人。しかしっ！　そんな三人の前に、再び草むらから影が――！
深夏「く、敵か――と、いや、ここは、慌ててはいけない！　危ねぇ！　前と同じ失敗をするところだった。これはまた人が出てくるかもしれ――」

なんと飛び出てきたのはゾンビだぁー！

深夏「ちくしょう！　超必殺・風林火山四属性アッパーカットォオオオオオオオ！」

説明しよう！　彼女の必殺技、風鈴《ふうりん》かしゃん……なんたらかんたらは、自然の力を拳《こぶし》に集め放つ技《わざ》で、それを喰らった対象を確実に死に至らしめるのだ！

杉崎「流石深夏！　出遅《でおく》れても頼りになるぜ！」

知弦「不意打ちにも対応するなんて……やるわねっ、深夏！」

盛り上がるメンバー！　深夏がどや顔をする中、攻撃を喰らったゾンビが断末魔の呻き声を上げる！

真冬ゾンビ「げふぅ――――――――――！」

二人『ま、真冬ちゃぁあああああああああああああああああああああん!?』

そう、草むらからごそごそ出て来ようとしていたのは、ゾンビとして蘇《よみがえ》って来た、真冬ちゃんだったのだ！　あまりの攻撃力に激しくぶっ飛んでいく真冬ゾンビ！

深夏「ま、真冬ぅぅううううううううううううううううううううう！」

再びキラリと星になる真冬ちゃんを絶望的な表情で見守る三人。……二度目の悲劇は、こうして起こったのだった。

杉崎「……ま、まあ、ゾンビ化してたし、うん、倒して正解だったということで——」

ちなみに真冬ちゃんは、ゾンビ化したとはいえちゃんと意識を持ち、その不死特性で少しでも皆《みんな》の役に立てればと考え、合流しようとやってきただけだったのでした。

三人『う、うわぁあああああああああああああああああああああ！』

善良な人間を二度にわたり殺害してしまった三人！　果たしてこの先、どうなるのか！

物語後半の前に、一旦《いったん》ＣＭ！

＊

ぽんぽっこ、ぽんぽっこ、ぽんぽっこぽん。

たぬきのお宿だ、ぽんぽっこぽん。

お風呂《ふろ》は無いよ、ぽんぽっこぽん。

食事も出ないよ、ぽんぽっこぽん。

だけど、かまどはあるのさ、ぽんぽっこぽん。

ダシがとれるぞ、ぽんぽっこぽん。

………………。

ぽんぽっこ、ぽんぽっこ、ぽんぽっこぽん。

杉崎「なんか無駄《むだ》に怖《こわ》いＣＭ流れてるー⁉」

会長「杉崎うるさい、スポンサーに迷惑《めいわく》でしょ。ほら、他《ほか》のＣＭもあるんだから」

次回はスペシャルウィーク！　特別企画《きかく》第一弾《だん》、「私の足で作ったたこ焼きをリスナーに振《ふ》る舞《ま》おう！」では、私が遂《つい》にルルイエのスタジオを飛び出して皆のＳＡＮ値を低下させるべく活動するぞ！

特別企画第二弾は、「ネクロノミコン朗読会」！　録音の準備はいいか、リスナー達よ！

そしてそして、なんとスペシャルゲストに「ニャルラトホテプ」が来てくれるぞ！　今や十代の子にも「ニャ〇子さん」等で親しまれる這《は》い寄《よ》る混沌《こんとん》さんへの質問、どしどしお待ちしております！

内容盛《も》り沢山《だくさん》の「クトゥルフのオールナイト全時空」は、毎週冥《めい》曜日Ｑ時から！

杉崎「パーソナリティ仲間がパねぇ！」

会長「なんせ全時空だからね。というわけで、CM終了《しゅうりょう》！　再びラジオドラマの続きをどうぞ！」

＊

遂に国士無双《むそう》への足がかりを固めた杉崎鍵に、美少女雀鬼《じゃんき》・知弦の巧妙《こうみょう》な罠《わな》が牙《きば》を剝《む》く！　果たして彼はこの苦境を乗《の》り越《こ》え、抜《ぬ》かれた髪《かみ》の毛を取り返すことは出来るのか！
杉崎「前半そんな内容でしたっけ!?　あと既《すで》に抜けた髪の毛取り返しても仕方ねぇ！」
ごめん間違《まちが》った。二人でよってたかって、真冬ちゃんを二度殺しました。
杉崎「現実が過酷《かこく》すぎた！」
というわけで、続きをどうぞ。
杉崎「く……。と、とにかくだ。意識を切《き》り替《か》えよう、皆。真冬ちゃんのことは残念だけど……あれは、うん、事故だ。仕方ないさ。な？」
杉崎がとても薄情《はくじょう》なことを言い出しました。なんて血も涙《なみだ》もない男でしょう。
杉崎「ナレーションに悪意があると思うんですがっ！」
……杉崎は、その眉毛《まゆげ》が剃《そ》られたヤクザ顔で意味不明の奇声《きせい》を上げています。
杉崎「ああっ、俺の容姿描写《びようしゃ》が酷《ひど》いことに！　逆らってすいませんでしたっ！」

……反省した杉崎鍵の顔には、眉毛が復活していました。よかったね。
杉崎「ほっ。と、とにかく。悔《く》やんでいても仕方ありません。前に進みましょう」
知弦「そうね。それに真冬ちゃんは良くも悪くもゾンビになっていたのだから、深夏の攻撃を受けてもまだ生きている――というか、動いている可能性は高いと思うわよ」
深夏「そ、そうか。よっしゃ！　それなら、真冬をゾンビから生き返らせる方法を探しつつ、またジャングルの探索《たんさく》に出ようぜ！」
　前向きになった三人は、ジャングルの探索を再開します。死んだ人間がゾンビとして蘇るジャングル……ここには、一体どんな秘密が隠《かく》されているというのでしょうか！
……ガサゴソガサゴソ。パリッ。バリボリバリボリ。ぷしゅっ、シュワー、トクトクトクトク、ゴックンゴックン、ぷっはあ！
杉崎「ナレーターがなんかオヤツ食い出したぞー！」
　なんの話か分かりませんが、三人は冒険《ぼうけん》を続けます、しばしテキトーに歓談《かんだん》。
杉崎「完全にオヤツタイムに入りやがった！」
知弦「じゃあ、私達もここで一旦休憩《いったんきゅうけい》に入りましょうか。食事にしましょう」
深夏「よっしゃ！　じゃあ狩《か》りだな、狩り！　ケモノを狩って丸焼きにするぜ！」
杉崎「女性の発言とは思えないのはさておき、それはいいな。深夏、狩ってくれ」

深夏「おうよ！……と、あれは」
……ごっくん、ごっくん。
深夏「こほん！　あ、あれは！」
？……ああ……えーと、深夏は、再び草むらがガサガサしているのに気付きました。
杉崎「なんてテキトーな……。まあとにかく深夏、野生のケモノが来たみたいだぜ！　ここは一気に狩って――」
深夏「ふ……甘いぞ、鍵。今までのことを考えてみろ」
杉崎「ん？……ああ！」
深夏「そう！　これは、ケモノだと思って飛びかかったら、真冬フラグ！」
知弦「よく回避《かいひ》したわ深夏！　よし、今回はちゃんと確認しましょう！」
三人を代表して、深夏が草むらをそぉっとのぞき込みます。そこには……。
深夏「ごくり……」
なんと、オオカミの群れが！
深夏「よっしゃ！　真冬じゃない！　これは一気に蹴散《けち》らして――」
杉崎「待て深夏！　もう少しだけ待つんだ！　前回もゾンビだと確認した後に倒《たお》したら真冬ちゃんのゾンビだったろう！　今回もそういう罠の可能性がある！」

深夏「！　あ、危ないところだったぜ。ふぅ。よし、もうちょっと様子を窺《うかが》うか」

知弦「ふ、見事な判断よ二人とも。じゃあ、ナレーターの出方をじっくり窺いましょうか」

三人『…………』

…………。

三人『…………』

…………。

三人『…………』

…………ぐしゃぐしゃ。むしゃり、むしゃむしゃ。

三人『…………？』

　そんなわけで、三人が無駄にぼんやりしている間に、実はオオカミの群れに囲まれていた真冬ゾンビは完全に食べられてしまいました。

二人『ま、真冬ちゃああああああああああああああああああああん!?』

絶叫《ぜっきょう》する二人、そして構えたまま呆然《ぼうぜん》とする深夏を尻目《しりめ》に、オオカミ達はゲップをしながら場を去って行きます。

場に残されていたのは……真冬ちゃんの衣服と骨のみ。真冬ちゃんはとても綺麗《きれい》に食べられていました。

三人『う、うわぁあああああああああああああああああああああああああ！』

三度真冬ちゃんを死なせてしまった三人！　全員が、激しい後悔《こうかい》に襲《おそ》われます！

杉崎「ちくしょう！　なんて……なんてヘビーな内容なんだ、このラジオドラマ！」

知弦「ナレーター本人はあかずきんちゃん的イメージで語っているんでしょうけど……私達のイメージでは、あまりに生々しい死に様！　私も引く程のグロ展開すぎるわ！」

深夏「真冬……真冬ぅううううううううううううううう！」

それにしてもこの三人、見事にバッドエンドまっしぐらである。

三人『誰《だれ》のせいだっ、誰の！』

む、「世界○の迷宮」的なゲームの選択肢《せんたくし》で失敗してダメージを受けたとき、キミ達はゲーム自体を批判するのかね。ふふん。

三人『ぐ……っ』

とにかく、三人は旅を続けます。続けますったら、続けます。

杉崎「……ふぅ。うん、皆、切り替えよう！　真冬ちゃんに関しては……もう、なんていうか、『そういうキャラだった』と思うことにしよう、うん！」

杉崎鍵がとんでもなく薄情なことを言い出します。なんて男でしょう。

杉崎「なんとでも言え！　とにかく俺達だけでも無事にここを抜けよう！　それこそが、真冬ちゃんのためでもあると思うんだ」

なんとなくいいセリフっぽい言葉を受け、深夏と知弦が応じます。

深夏「そ、そうだな……うん。このジャングルから出て、ちゃんと真冬のお墓を建ててやらねーとな」

知弦「そうね。それに……これで今後はもう、真冬ちゃんが急に出てくることもないと考えれば、恐《おそ》れるものは何も無いわ」

決意を新たに、三人はジャングルからの脱出《だっしゅつ》を再開します。そうして、しばらく歩いていると……なんと前方に、ピラミッドの様な謎《なぞ》の遺跡《いせき》を発見！

杉崎「基本的に、この話の方向性が分からない……」

なにやらボヤきながらも、遺跡に近付く三人。入り口まで来て、相談を始めます。

杉崎「……入ります？」

深夏「入る流れじゃねーの？」

知弦「それはそうなんだけど……嫌《いや》な予感しかしないわよね。ナレーターの思惑《おもわく》を逃《のが》れるという意味では、あえて入らないという手もアリじゃないかしら」
杉崎「ですよね。回避しちゃいますか」
深夏「えー、入ろうぜ。楽しそうだし」
杉崎「お前はこの期《ご》に及《およ》んで……」
深夏「いや、でも、さっきのオオカミイベントもそうだけど、この遺跡入らなかったら入らなかったで、結局バッドイベントに繋《つな》がるんだと思うぜ」
杉崎「う、一理ある」
深夏「だろ？　だったら、話の起《き》伏《ふく》的にも、ここは入っておこうぜ！」
知弦「……仕方ないわね」
どうやら相談が終わったみたいです。三人は、恐る恐る遺跡へと足を踏《ふ》み入れました。
——と、その時！
杉崎「なんだ、罠か!?　く、回避——」
世界各国からジャングルに向けて一万発の核《かく》ミサイルが！
杉崎「遺跡がどうとかの問題じゃなかった！」
しかし、突如《とつじょ》として遺跡が防御《ぼうぎょ》シールドを展開！　核を全《すべ》て防いだのだった！　ノーダメージ！

知弦「じゃあなんなのよこの無駄《むだ》に壮大《そうだい》なイベント！　要《い》るの!?」

　というわけで、三人は遺跡の探索を開始します。

深夏「とんでもない遺跡だということだけは、理解した。……不覚にもワクワクするぜ」

杉崎「……まあ気持ちは分からんでもない」

知弦「二人とも男の子感性ねぇ」

　それにしても、この遺跡は一体なんなのか。三人はそれぞれ思いを巡《めぐ》らせます。

深夏「（腹減ったなぁ。今晩のおかずなにかなぁ）」

杉崎「（エロスが足りないなぁ。今晩のおかずどうしようかなぁ）」

知弦「（日経平均株価……）」

　せめて一人ぐらい遺跡のこと考えようよ！

杉崎「えー。……仕方ない。知弦さん、この遺跡は、なんなんでしょうね」

知弦「分からないわ。ただ、シールドの一件から見ても、高度な文明によるもののようね」

　そうそう、そういうのが聞きたかったの！　そんなわけで、彼らは遺跡の探索を続けます。果たして彼らに遺跡の謎を解き明かすことは、出来るのだろうか！

杉崎「この物語の主題って、ジャングルからの脱出じゃなかったでしたっけ……」
深夏「なんか完全にL○STとか無人惑星《わくせい》サヴァ○ヴのノリになってるよな」
ご、ごほん！　そこら辺は、脱出モノにはよくあることだから気にしないでよし！
知弦「まあ確かにこの遺跡の力を使いこなせれば、ジャングルからの脱出なんて容易そうではあるけれど……」
でしょう！　とにかく、三人は遺跡を調べます。そうすると……次から次に出てくる、SF的装置！　フロア移動に使うテレポーターとか、体を浄化《じょうか》してくれるリフレッシャーとか、あと……えと……や、焼きそばが自動で出てくるヤキソバーニングとか、電子マネーの使える自販機《じはんき》とか！
杉崎「なんか後半しょっぺぇ！　自販機に至っては普通《ふつう》の科学力だし！」
ほ、他《ほか》にもあるもん！　つ、通話も出来てメールも出来てネットも見られるし豊富なアプリも遊べる小型携帯端末機《けいたいたんまつき》とかもあったんだもん！
知弦「それを人はスマートフォンと呼ぶわ」
……………。……今の時代って割と未来だよね……。
深夏「なんかナレーターが黄昏《たそが》れた！　仕事しろ！」
と、とにかく、三人では使い方も分からないような超《ちょう》科学技術のオンパレードなの！

そういう遺跡なの！　そこを、探索《たんさく》しているの！
杉崎「はぁ……。じゃあ、切《き》り替《か》えて。この勢いで、ジャングル脱出出来る装置とか無いですかね、知弦さん」
知弦「そうね……今のところ見当たらないみたい。それに、もし見付けても、正式な使い方が分からない限り使用は危険だと思うわ」
深夏「もし宇宙空間に放《ほう》り出されたりしたら、あたし以外お陀仏《だぶつ》だもんな……」
杉崎「うん、お前のチート性能はさておき、まあそうだよな……」
　様々な超科学に触《ふ》れたはいいものの、目的を達成出来ない三人。そんな彼らの前に……突如として現れる大量の宇宙人達！
三人『急に⁉』
　なんとタコのような形の宇宙人達が、光線銃《じゅう》を持って飛び出てきたのだー！
杉崎「今時なんてベタな宇宙人！」
知弦「アカちゃん発想だもの。でもタコ型宇宙人……むしろ逆に怖《こわ》い気もするわ！」
杉崎「確かにっ！」
　動揺《どうよう》する二人。しかしそれに反して、深夏だけは冷静でした。
深夏「ふ、もう真冬を殺してしまう心配はねぇ！　だったらあたしは最強！」

そう宣言したと思ったら、深夏はあっという間に宇宙人達を制圧してしまった！
深夏「ふはははははは－！」
杉崎「ん－……なんか仲間キャラが強すぎて物語に緊張感《きんちょうかん》がね－」
知弦「テンポはいいんじゃないかしら」
杉崎「テンポねぇ……。まだまだ遺跡は謎だらけで、解決しそうにないですが……」
　こほん。——と、倒したはずの宇宙人達の中から、とある一体だけが起き上がり、杉崎達に近付いてきます。彼の目に敵意はありません。三人が不思議に思っていると、彼は命の炎《ほのお》を絞《しぼ》り尽《つ》くすかのように、喋《しゃべ》り始めました。
　この遺跡は実は宇宙船だったこと。この星を侵略《しんりゃく》しに来てたこと。しかし計画が失敗した今、地球を滅《ほろ》ぼすレベルの自爆《じばく》装置を作動させたことを。自爆を止める術《すべ》は無いことを。しかし時間内に宇宙船を宇宙へ発進させてしまえば地球は助かることを。そして発進の方法を。ちなみに自分は地球の自然に魅《み》せられてこの星を守りたいと思い、仲間を裏切っていたことを。しかしこれまで犯した罪を考えれば、ここで仲間達と共に深夏にやられたいと思っていたことを。そんなわけで自分がここに至るまでの、終わりのクロ○クル並にボリューミィな出来事を。更《さら》に杉崎達がジャングルに来たのは偶然《ぐうぜん》なんかではなく、人類の代表として自分達を止めるために彼が呼び寄せたことを。あと知弦が返り血を浴びつつ埋《う》めてたのは外科医である彼女が助けようとして助けられなかった、心無い宇宙人に無為《むい》に傷付けられた動物のものだったことを。真冬ちゃんに関しては特に呼んだ覚えはないことを。完全に要《い》らない子だったことを。むしろなんで勝手に巻き込まれているのかよくわからないことを。というかむしろ邪魔《じゃま》だったことを。なんか死んでたので仕方なくゾンビ化というカタチで蘇生《そせい》してあげたのに、また死んでしまったどころか、あまつさえ食べられてしまったことを。おかげでゾンビの味を覚えたオオカミ達が宇宙船に入ってきて大変だったことを。あとあと、碧陽《へきよう》学園の生徒会長は人類で一番美人で聡明《そうめい》だということを。

それら全てを語り、宇宙人さんはパタリと息を引き取りました。

杉崎「なんか伏線《ふくせん》一気に回収しやがったぁ――――――――――――――!」

深夏「まるで十週打ち切りの最終週だぜ!」

知弦「飽《あ》きたのね、アカちゃん……」

そ、そんなわけで、杉崎達は宇宙船のコントロールルームに向かいます。しかしそこには思いもしなかった関門が! なんと、コントロールルームは仲間の裏切りを察知していた宇宙人のリーダーによって、超硬質《ちょうこうしつ》の究極物質メチャカターイを使って封鎖《ふうさ》されてしまっていたのです！
杉崎「く……なんてこった！　これじゃあ、自爆する宇宙船を打ち上げられない！　このままじゃ地球が！」
知弦「この物質……彼らの兵器でさえ容易には壊《こわ》せないようね。万事休す……かしら」
たちこめる、絶望的な空気。しかし！　そんな空気を吹《ふ》き飛ばすかのように、彼女が立ち上がる！
深夏「まだ諦《あきら》めるのは早いぜ！」
二人『深夏！』
深夏「任せてくれ、二人とも。ここはあたしが……あたしが、持てる全ての力を込めた最終奥義《おうぎ》で、切り開く！」
杉崎「深夏……でもそんなことしたら、お前の体が！」
深夏「ふ……約束しただろう。帰ったら、真冬のお墓を作るって！」
知弦「！　深夏！　貴女《あなた》……」
手に汗握《あせにぎ》る熱い展開！　深夏の熱意に負けた二人が見守る中、深夏は……最終奥義を繰《く》り出《だ》します！

深夏「椎名《しいな》流真最終奥義………………………………たいあたり！」

二人『地味！』

画《え》的な地味さはともかく、深夏の奥義はメチャカターイにこうかばつぐんだ！　崩《くず》れ落ちるメチャカターイ！　深夏もまた、その場に倒《たお》れ伏《ふ》す。

杉崎「深夏！」

深夏「だ、大丈夫《だいじょうぶ》だ。死んじゃいねーよ。それより二人とも、早く宇宙船を！」

知弦「任せて！」

深夏の渾身《こんしん》の力によりコントロールルームに辿《たど》り着《つ》いた二人は、裏切り者の宇宙人さんから聞いた通りに操作をします。

知弦「よし、セット完了《かんりょう》よ。これでこの宇宙船は十分後にオートで発進・自爆するわ！」

杉崎「あとは俺達がここから逃《に》げるだけッスね！　深夏、おんぶするから乗れ！」

深夏「ああ……わるいな、鍵。助かるぜ」

杉崎「いや、俺も性的に助かるから気にすんな」

深夏「…………………あたし、お前相手に、恋《こい》してんだよなぁ…………………」

杉崎「ああっ、なんて遠い目をするんだ深夏！　悪かった！　悪かったよ！　変なこと考えないでおんぶするから！」
知弦「なにしてるの二人とも！　行くわよ！」
そうして三人、宇宙船を出るべく来た通路を引き返します。しかし……その途中《とちゅう》彼らを遮《さえぎ》るように、とある生き物が立ちはだかる！
杉崎「な……アレは！」
そう、それは……なんと、真冬ちゃんを食べちゃったオオカミさんの一匹《いっぴき》でした！
深夏「く、こんな時に！」
知弦「まずいわね。深夏は戦える状態じゃないわ。ここは逃げるわよ、キー君！」
杉崎「でも知弦さん。それじゃあ帰り道が分からなく――」
知弦「背に腹は代えられないでしょう！　他のルートから行くしかないわ！」
三人はいちもくさんに逃げ出します。しかし、当然の如《ごと》くオオカミも追ってくる！
杉崎「く……知弦さん、こんなのすぐ追いつかれますよ！　相手はケモノですよ！」
知弦「…………。……そうでもないみたいよ、キー君」
杉崎「え？」
知弦の意外な言葉に杉崎が振《ふ》り向《む》きます。確かにオオカミの動きは微妙《びみょう》にぎこちなく、あまり速くありません。

深夏「……そうか、お腹が一杯《いっぱい》なんだ！　真冬で！」
二人『ああ！』
　なんということでしょう！　奇跡《きせき》です！　絆《きずな》が奇跡を呼んだのです！　真冬ちゃんは確かに全く要らない子でしたが、彼女は彼女なりに、最後の最後に皆《みんな》の役にたったのです！
深夏「真冬……ありがとよ。……かくり」
杉崎「深夏？　どうした、深夏！」
知弦「大丈夫よキー君。安心して気絶しただけのようだわ。とにかく急ぐわよ！」
　走り続ける二人！　しばらく走ると、前方にようやく一筋の光が見えてきました！
知弦「！　キー君、あれを見て！　出口よ！」
杉崎「ホントだ！　でも……ああ！　発進に向けて、シールドが張られかけてます！」
知弦「急ぐわよキー君！」
杉崎「はいっ！　うぉおおおおおおおおおおおおおおおおおおおおお！」
　シールドが張られる直前、間一髪《かんいっぱつ》のところで外に飛び出す二人！　しかしその背後から、オオカミもまた飛び出そうと――
杉崎「させるかっ！」
オオカミ「キャゥン！」

すんでのところで、杉崎が振り向きざまに蹴《け》りを入れてオオカミを吹き飛ばします！　憐《あわ》れ、オオカミはそのままシールドに阻《はば》まれて、見事宇宙船に封《ふう》じ込《こ》められました。ガリガリとシールドを引《ひ》っ掻《か》くも、無駄《むだ》な足掻《あが》き。

杉崎「ざまあみやがれ！　真冬ちゃんの……カタキだ！」

オオカミ「クゥ――――――――――ン！」

遺跡《いせき》はそのまま、オオカミの鳴き声と共に、宇宙へ飛び去って行きました！

そう……地球は、助かったのです！

知弦「終わったわね……」

杉崎「終わりましたね……」

二人、空を見上げて呟《つぶや》きます。そこに見えるのは、どこかの国から遣《つか》わされたらしい救助ヘリ。二人が充足感《じゅうそく》に満たされる中……杉崎の背で眠《ねむ》る深夏のお腹が、ぐぅと鳴ります。ぷっと吹き出す二人。降りてくるヘリ。

こうして、彼らの冒険《ぼうけん》は、ようやく終わりを告げたのです。

三人の英雄《えいゆう》を祝福するかのように、宇宙船の爆発《ばくはつ》する音が、辺りに響《ひび》き渡《わた》りました。

………………。

……実は真冬ちゃんの霊《れい》が憑依《ひょうい》していたオオカミごと、爆発する音が。
二人『ま、真冬ちゃあああああああああああああああああああああん⁉』

END

会長「じゃ、次のコーナー――」
四人『ちょっと待て』
会長「ん？　どうしたの？」
杉崎「どうしたの、じゃないでしょう！　なんか言うことあるんじゃないですか！　特に真冬ちゃんに！」
会長「え？　んと……最近イチオシのｉＰｈ○ｎｅアプリとかある？」
杉崎「なんの話だっ！」
会長「え、真冬ちゃん向けの話題だよ」

杉崎「そうじゃなくて！　ラジオドラマの件で、何か、謝ることないですかっ！」
会長「え……。ああ！　BL要素無くてごめんね」
杉崎「そんなレベルじゃね――――――！」
真冬「うぅ、もういいです、先輩《せんぱい》。真冬の人生……いつも、こんな感じですから」
杉崎「ほら、なんかとんでもなく寂《さび》しい悟《さと》りを開いちゃっているじゃないですか！」
会長「そう言われても、私にはさっぱり……」
知弦「アカちゃん……いくらなんでも、あの配役は酷《ひど》いわよ。真冬ちゃん、もうちょっとセリフあってもいいんじゃない？」
会長「？　おかしなことを言うね知弦は。綾《あや》波○イも長門○希もゼロの○い魔《ま》のタ○サもブ○ーチの朽《くち》○白哉《びゃくや》だって、皆大人気だよ！」
深夏「いや、そうじゃなくて、真冬の場合、無口キャラというより、単純に出演機会が極《きょく》端《たん》に少ないっつうか……」
会長「？　おかしなことを言うね深夏も。天元突破《とっぱ》グレ○ラガンの最終形態なんか、最終話で一回しか出て来ないのに、大人気じゃん！」
杉崎「真冬ちゃんの場合、活躍《かつやく》もしてないじゃないですか」
会長「大活躍だよ、オチとして」

真冬「……リスナーさんに少しの笑いだけでも提供できたのなら、真冬、もうそれだけで満足です……」
杉崎「会長！　真冬ちゃんのこんな姿を見て、何か思うことはないんですかっ！」
会長「深夏とあんまり似てないよね」
杉崎「今頃《いまごろ》!?　はぁ……もういいです。少なくとも、悪気は無かったんですよね」
会長「そりゃそうだよ！　生徒会キャラの人気投票で真冬ちゃん票がとても多いからって、私は、何も思うところなんかないんだよ！」
四人『悪気ありまくりだ！』
会長「とにかく、次のコーナー行くよ！　というわけで、知弦と杉崎、ヘッドフォンして」
二人『え？』
会長「コーナー説明を二人には聞かれたくないの。だから、耳栓《みみせん》」
杉崎「これって……」
知弦「定められた……よね？」
会長「はいはい、いいからヘッドフォン！……よし、ちゃんとしたみたいだね」
真冬「？　会長さん、真冬達は聞いていていいんですか？」

深夏「いつもだったら、立場逆じゃねーか。どうしたんだ？」
会長「ふふふ……いつまでも仕掛《しか》け人側が同じでは、メリハリがないんだよ！」
真冬「はぁ……。と言われましても、真冬達は今までの経緯《けいい》もあんまり知らないのですが……」
会長「うん。今までは、真冬ちゃんと深夏には知らせないまま、杉崎と知弦にある指令を出して、二人とトークして貰《もら》っていたんだよ」
深夏「ふーん、確かに不自然な会話だったもんな。ん、まてよ？　だったら、鍵と知弦さんは手口を知っているんだろう？　単純に逆の立場になっても意味ねーんじゃね？」
会長「ふっふっふー。そこに抜《ぬ》かりはない！　今回は、少し趣向《しゅこう》を変えているのだよ！」
二人『おー』
会長「では改めてコーナータイトル！　『加えられた設定』！」
二人『ぱちぱちぱちぱち』
会長「このコーナーは、深夏と真冬ちゃんの二人にある『設定』を追加した上で、知弦や杉崎と出来るだけ自然にフリートークして貰うコーナーだよ！」
深夏「んと……よく分からないが、つまり、あたし達としてはとにかく、鍵や知弦さんに妙《みょう》な部分がバレないように、提示されたルールに則《のっと》って喋《しゃべ》ってればＯＫなんだな？」

会長「そういうこと！　というわけで、今回のお題発表だよ！」
真冬「簡単にボロが出なさそうな、汎用性《はんよう》あるお題がいいですね」
会長「深夏に追加されるのは《話の変なところに急に食いつく》というキャラ設定！　真冬ちゃんは《知弦に両親を殺されている》という過去設定！」
二人『ええ!?』
会長「というわけで、二人とも、いくよ？　じゃあ杉崎と知弦、ヘッドフォン外していいよー！　肩《かた》トントンっと」
杉崎「……いや、うん、確かにコーナー説明は聞こえなかったんですが……ねぇ？」
知弦「ねぇ……。だってこれ……いつものアレでしょ？　どうせ姉妹が同じ一言を――」
会長「はいはい、そこまで！　とにかく始めるよー！　そんなわけで、四人でフリートーク開始！」
杉崎「まあ、じゃあ仕方ない、喋るか。えーと、深夏、最近何か面白《おもしろ》いことあったか？」
深夏「いやこれといって特には」

杉崎「そうか。ふむ……『いやこれといって特には』が今回の深夏のお題なわけか……」
深夏「なにワケ分かんねーこと言ってんだよ鍵」
杉崎&知弦『あれ⁉』
深夏「どうしたんだ二人とも。意外そうな顔して」
知弦「え……い、いえ、だって、深夏、あなた、普通《ふつう》に喋って……」
深夏「フリートークのコーナーだからな。普通に喋るだろ、そりゃ」
杉崎「そ、そうか。……もしかして、逆に普通のトークコーナーなのか？」
知弦「……成程、一理あるわね。私達の考えすぎを誘《さそ》っているのかもしれないわ」
杉崎「まあそういうことなら普通に喋りましょうか」
知弦「そうね、あんまり勘繰《かんぐ》りすぎても楽しくないし……って、あれ、真冬ちゃんさっきから俯《うつむ》いて喋らないけど……もしかして、体調悪い？」
真冬「……いえ」
知弦「？　真冬ちゃん？」
真冬「…………」

知弦「え、えーと、その、どうして私をそんなに睨《にら》むの……かしら」

真冬「どうして、ですか。……………………。…………ハッ」

知弦「!? え!? 真冬ちゃん、今私を鼻で笑ったわよね――」

深夏「鼻で笑う? 鼻で……。ち、知弦さん、その事象について詳《くわ》しく説明してもらっていいか!?」

知弦「へ? いや、深夏、今はそんなことより真冬ちゃんが――」

深夏「鼻で笑うって、どういうことなんだよ!? 笑うって、口で『あはは』ってやる以外にもあったのかよ!? こいつぁ興味深いぜ!」

杉崎「ちょ、落ち着けよ深夏。なに興奮してんだよ。鼻で笑うって、鼻から息を出して笑う……なんていうか、人を小馬鹿《こばか》にした笑い方のことだよ。お前知らなかったのか?」

深夏「そうか……そうだったのか。悪い、話の邪魔《じゃま》したな。続けてくれ」

杉崎「お、おう、まあ別にいいけど……。えーと、なんでしたっけ知弦さん」

知弦「あ、うん。話題というか、私はちょっと真冬ちゃんの様子がおかしいのが気になって……」

杉崎「あ、そうでしたね。えーと、真冬ちゃん？」
真冬「はい、なんでしょうか先輩《せんぱい》。はっ！　中目黒《なかめぐろ》先輩との恋愛《れんあい》相談でしょうか！」
杉崎「？　あれ、真冬ちゃん、普通だね？」
真冬「？　何を言ってるのですか？　真冬はずっと普通ですよ？」
杉崎「……ですって、知弦さん」
知弦「そ、そうみたいね。おかしいわね……私の気のせいだったのかしら……」
杉崎「知弦さん、ちょっと疑心暗鬼《ぎしんあんき》になりすぎなんじゃないですか？　普通に話しましょうよ、普通に」
知弦「そうね。えーと、じゃあ、真冬ちゃん、最近オススメのゲームとかあるかしら？」
真冬「…………」
知弦「ま、真冬ちゃん？」
真冬「…………どのツラ下げて……」
知弦「!?　真冬ちゃん!?」
真冬「いいえ、なんでもありません。そうですね。真冬が最近ハマッているゲームですよね」
知弦「え、ええ、そうなんだけど……」
真冬「家族を殺された主人公が超残虐《ちょうざんぎゃく》な手法で復讐《ふくしゅう》を遂《と》げる、日本では発禁のゲームです」
知弦「そ、そう……。えと、なんか、その、珍《めずら》しいわね、真冬ちゃんの趣味《しゅみ》的に……」
真冬「……貴女《あなた》のお陰《かげ》で、目覚めた趣味ですよ……。……ふっ」
知弦「えーと……うぅ、き、キー君……」
杉崎「ま、真冬ちゃん。えーと、その、なんかあったの……かい？」
真冬「？　なんですか先輩。特に何もないですけど……」
杉崎「そ、そう。それならいいんだけど……。……えと、じゃあ、他《ほか》の話しようか、他の話！　そうだ深夏、お前が最近ハマッてる熱血漫画《まんが》の話でもしてくれよ！」
深夏「…………」
杉崎「み、深夏？」
深夏「……やっぱり分からねぇ。納得《なっとく》いかねぇ……」

杉崎「え？　お、おい……」

深夏「『鼻で笑う』って、どうやればいいんだぁ――――――――――！」

杉崎「そこ⁉　お前、まだそこで話止まってたの⁉」

深夏「なあ鍵、やっぱりあたし分かんねぇよ！　鼻で笑うって……おかしいだろ、どう考えても！」

杉崎「い、いやそう言われても……っていうか、深夏、ほら、漫画の話題でも――」

深夏「鼻で……笑う。……ふんふん！……ぶひぶひ！……難易度高すぎるだろう！」

知弦「み、深夏？　あのね、鼻で笑うっていうのは本気で鼻だけで笑うんじゃなくて、さっきキー君が言ったように、人を小馬鹿にした態度でちょっと鼻から息漏《も》らしている程度の動作のことを言うのよ。分かったかしら？」

深夏「……おお！　成程！　流石《さすが》物知りの知弦さん、凄《すげ》ぇ分かりやすかったぜ！」

知弦「あら、そうかしら。ふふ、じゃあ将来は教師にでもなっちゃおうかしらね――」

真冬「ハァ⁉　聖職者⁉　貴女が⁉　は、ハハハハハッ！　傑作《けっさく》！　傑作ねそれは！」

知弦「真冬ちゃん⁉　どうしたの⁉　口調急変してるけど⁉　え⁉　なに⁉」
真冬「ふ、精々《せいぜい》子供達に人の道を説《と》くがいいさ。……くく、くくくくく」
杉崎「お、おい真冬ちゃん、一体さっきからどうしたんだよ……」
真冬「？　真冬はいつもの真冬ですよ？　先輩こそどうしたんですか？」
杉崎「え、いや、その……なんでもないなら、いいんだけどさ」
真冬「……そうそう先輩。一つ聞きたいことがあるのですが……」
杉崎「うん、なんだい、真冬ちゃん」

真冬「……家族が突然《とつぜん》いなくなるって、どういう気分なんでしょうね（チラッ）」

杉崎「重っ！　え、なんで⁉」
知弦「そして真冬ちゃん、なんで私の方を睨みながら喋るのかしら」
真冬「いえ、ちょっと聞いてみただけですよ……ふふ……他意はありませんよ……ふふ」
知弦「むしろ他意以外が見えないのだけれど！」
杉崎「まあまあ、家族の話だったよね？　えーと、そうだね。色んな状況《じょうきょう》があるし、一概《いちがい》には言葉に出来ない複雑な気持ちも沢山《たくさん》あるけれど、端的《たんてき》に表現するなら『寂《さび》しい』『悲しい』の二つじゃないかなぁ」
真冬「寂しい、悲しいですか……」
杉崎「いやまあ、あくまで俺の主観だけどさ。ほら、俺も早くに実の母親亡《な》くしてるし、義妹《いもうと》とも色々あって家族と距離《きょり》置いたりした時期もあったから、そういう気持ちは身に染《し》みて分かるっつうか……。……っと、ごめん、しんみりさせちゃったな」
真冬「先輩……」
知弦「キー君……」
杉崎「ご、ごめんな二人とも、気ぃ遣《つか》わせて。かぁーっ、俺もまだまだだな！　家族のことや過去のことになると、すぐ落ち込んじまう！　やめやめ！　こんな辛気《しんき》くさい話はやめて、さあ、ほら、気を取り直して明るい次の話題を――」
深夏「あ、鍵、今のトラウマ話、詳しく聞かせて貰《もら》っていいか？」
杉崎「いやだよ！　お前流れ理解してないの!?　なんで傷ほじくるんだよ！」
深夏「…………か～ら～の～？」

杉崎「何もねぇよ！　っつうか何なのその比類なきデリカシーの欠け方！」
深夏「なるほど、なるほど。で、林檎《りんご》ちゃんを決定的に傷付けた鍵のセリフとは！」
杉崎「『お前のことはやっぱり妹とし――』って言うか！　いいから他の話題行くぞ！」
深夏「他の話題って、例えばなんだよ」
杉崎「え？　いや、そりゃ、お前、あれだよ……。えーと……」
深夏「…………」
杉崎「えーと、ほら……。あれ……。……き、昨日面白いカタチの雲みたよー、みたいな話とか……」
深夏「…………」
真冬「…………」
知弦「…………」
杉崎「う。ご、ごめん。やっぱ――」
深夏「その雲の話だが、詳しく聞かせて貰っていいか？」
杉崎「掘《ほ》り下《さ》げられたっ！」

深夏「面白《おもしろ》いカタチの雲。ほほう、なるほどなるほど、ラジオでわざわざ言うからには、さぞかし面白いオチが待つ雲目撃談《もくげきだん》と見受けた。さて、いざ、尋常《じんじょう》に語りなされい！」
杉崎「ごめんなさいっ！　なんか、もう、ごめんなさい！　ホントごめんなさいっ！」
知弦「き、キー君なにもそんな、土下座までして謝らなくても……」
真冬「そうですよ先輩、世の中には……どんなに謝っても許されないことだって……ううん、許す気がないことだって、あるんですから……（チラッ）」
知弦「……う、うぅ、もう限界！　ごめんなさい！　なんだか分からないけど、真冬ちゃん、ホントごめんなさいぃ――――！」
会長「はい二人が壊《こわ》れたのでストップ！　ここでコーナー終了《しゅうりょう》～！」

＊

会長「というわけで、フリートークのコーナーでしたー。……さて次は――」
杉崎&知弦『種明かし無し!?』
会長「？　おかしなことを言うね、二人は。これまでの『定められた一言』だって、姉妹に特に説明とか無かったでしょ？」
知弦「そ、それはそうだけどっ！　今回はあまりに後味が悪いんじゃないかしら！　ほ、ほら、姉妹からも何か言っ――」

真冬「……ぴーぴー喚《わめ》いてんじゃねえよ、この腐《くさ》れ外《げ》道《どう》が」

知弦「ええ――――――――!?」

杉崎「ちょ、こ、これ、本当にコーナー終わったんですよね!? まだ俺達だけ『世にも奇《き》○な物語』の中に放《ほう》り込まれたままな感じなのは、気のせい――」

深夏「『世にも○妙《みょう》な物語』! あれ面白いよな! あたしは懐古《かいこ》趣味と言われるかもしれねーが、最近のより昔のヤツの方が好きなエピソード多いぜ! 特にあれだよ、後々都市伝説のもとにもなった、家に監視《かんし》カメラを仕《し》掛《か》けておいたら――」

杉崎「いやそこ食いつかれても! そうじゃなくて、俺は会長に――」

会長「はいはい、いいからいいから。……杉崎と知弦、ちゃんとコーナー間のケジメつけなきゃダメだよ! めっ!」

杉崎&知弦『俺(私)達が悪いの!?』

会長「というわけで、そろそろエンディングー！」
杉崎「まあ……いいですけど、もう。それで、エンディングは何するんですか？」
会長「うん、今回は最終回だから、リスナーの皆《みんな》から送られてきたハガキやメールをどしどし読むよ！」
深夏「へー、このラジオにもそんなの送られてきてたんだな」
真冬「意外ですねー。全時空とは言いつつも、実際はマイナーな十八禁ゲームの声優さんによるネットラジオの足下《あしもと》にも及《およ》ばぬリスナー数だと思ってましたが」
会長「そんなことないよ！　ハガキとかは少ないけど、でも、うちは隠《かく》れリスナーが一杯《いっぱい》いるんだよ！」
知弦「隠れリスナー多数って……。なんかニ○ニコにおける再生数は高いけどマイリスやコメント数が圧倒的《あっとうてき》に少ない動画みたいな寂しさがあるわね」
会長「い、いいから！　はいはい、読むよハガキ！」
杉崎「どうぞ」
会長「こほん。『……生徒会のラジオ、毎日楽しく聴《き》かせて頂いておりました』」
杉崎「毎日はやってないけどな」

会長「『このラジオは私にとって、もはやライフワークと言っていいほどの存在でしたので。今回で最終回と聞いて、とても寂しく感じております』」
杉崎「おう……まあ、なんだ、ありがとうよ」
会長「『思えば、このラジオは初回から神がかった面白さでした。会長さんの可愛《かわい》い声、会長さんの素晴《すば》らしいトーク運び、会長さんの職人芸のような司会ぶり、会長さんの流暢《りゅうちょう》な喋《しゃべ》り』」
杉崎「……ん？」
会長「『それらが聴けなくなると思うと残念ですが、その分他で会長さんの活躍《かつやく》が見られることを祈《いの》りまして、感謝の言葉とさせて頂きたいと思います。楽しい時間を、本当にありがとうございました』」
杉崎「おう、こちらこそ今まで聴いてくれてありがとうな」
会長「ペンネーム…………。えーと……。……と、匿名《とくめい》希望さんからのお便りでした」
四人『自演乙《おつ》！』
会長「ん？　なんの話？　じゃ次のお便りいくよー！」

真冬「これは酷《ひど》い……」

会長「次ぃー。『この番組が終わると聞いてとてもショックです。毎回、本当に楽しみに皆《みな》さんのプライベートトークを聴いておりましたので……。でも、仕方ありませんよね。皆さん、お疲《つか》れ様《さま》でした。番組は終わってしまいますが、これからの皆さんの更《さら》なる活躍、期待しております！』ペンネーム・ヤジコンさんからでした」

知弦「ん、いいお便りね。ありがとうヤジコンさん。ラジオが終わっても私達は――」

会長「ちなみに本名は、藤堂《とうどう》リリシアさんでした」

四人『そうなると話は変わってくる！（きます！）』

杉崎「なんだろう、これ書いたのがリリシアさんだと分かった途《と》端《たん》、今までは感動的だと思い込んでいた言葉全《すべ》てに裏が感じられる！」

知弦「ペンネームの『ヤジコン』って確実に『野次馬根性』の略よね」

深夏「そしてなにげに会長さん、なにサラリとラジオで本名公開してんだよ」

真冬「それはラジオにおけるタブー中のタブーですよ」

会長「いやリリシアだからいいかなって。問題あっても、どうせ最終回だしー」
杉崎「なんて腐ったパーソナリティ！」
会長「次ぃー。『……残念。そうとしか言えない。今、この最終回に誰《だれ》より悲しみ、そして憤《いきどお》っているのは、間違《まちが》いなく私だろう。そうであるという確固たる自負が、私にはある』」
深夏「な、なんか熱いメールだな……。でもそこまで入れ込んでくれて、ありがとよ」
会長『いや、残念どころか、最早《もはや》無念でさえある。どうして、どうして終わってしまうのか。こんな最終回は認められない！　断じて認めてなるものか！　お前達、まだやり残したことがあるだろう！　忘れていることが、あるだろう！　それを欠いた最終回など、そんなもの……そんなもの、クソくらえだ！　ばーかばーか！』」
真冬「な、なんか怖《こわ》いです……。これ、ちょっと熱狂的《ねつきょう》すぎる信者さん――」
会長「というわけで、本名ＯＫ、生徒会顧問《こもん》・真儀瑠紗鳥《まぎるさとり》さんからのお便りでした！」
四人『呼ぶの忘れてたぁああああああああああああああああ！』

会長「そんなわけで……みんな、ばいば――――――――――――い！」
四人『このお便りで終わるの!?』
会長「……お送りしてきましたオールナイト全時空最終回スペシャル、提供は、購買部《こうばい》のおばちゃんでした」
杉崎「そうだったの!?　ってか一回もCMうってませんけど!?　いいの!?　それいいの!?」
会長「あー、もう、ごちゃごちゃツッコミ五月蠅《うるさ》いなぁ！　ほら、最後ぐらい皆で合わせてオリジナル挨拶《あいさつ》いくよ！　せーの！」
杉崎「え、え、え!?　さ、さ、さよならっぱ――」
女子一同『みそでんがくー！』
杉崎「分かるかぁああああああああああああああああああああ！」

オールナイト全時空・完

【卒業式——転校生挨拶2——】

次の挨拶は——当然、椎名深夏《しいなみなつ》の妹、椎名真冬《まふゆ》ですわ！

では、張り切ってどうぞー！

…………。

なにをおどおどしておりますの！　「ひぅっ」ではございませんわ！　さっさと壇上《だんじょう》に上がりなさいな！…………。どうしてその程度の段差で息を整えているんですの！　っていうか、彼女のクラスの一年C組！　文句を言う度《たび》に全員でわたくしに殺意の籠《こ》もった視線を向けるの、やめて下さいませ！　シャレになっておりませんわ！

あ、ようやく辿《たど》り着《つ》いたようですわね。では、どうぞですわ！

＊　たっぷり時間をかけて壇上に上った華奢《きゃしゃ》な女子生徒が、全校生徒にぺこりと頭を下げる。彼女は顔を真っ赤にしながらも、おずおずと前に出ると、ゆっくりと口を開いた。

し、しししし、椎名真冬です。すいませんです。ごめんなさいです。

……あぅ。

えと……三年生の皆さん、卒業おめでとうございますです。

あと、真冬、転校しますです。

さよならです。

以上です。

…………。

……うぅ、新聞部の部長さんがいじわるしますです……。どうして卒業生でもなんでもないのに、真冬が長々挨拶《あいさつ》するのですか……。

……えーと。

さ、最近やったゲームはですね——ひぅ！　ど、どうして怒《おこ》るんですか！　もうちょっと喋《しゃべ》れというから、真冬、一生懸命《いっしょうけんめい》——はい……はい……すいませんです。

えと……じゃあBL談義——も駄目《だめ》そうなので、思い出、喋りますです。

ふう……。

その……真冬は、正直、一人の時間が好きです。他人とどんどん関《かか》わることで人は成長する……っていうのは、間違いじゃないとは思いますけど、それでも真冬、一人の時間だって、それに負けないぐらい、素晴らしいものだって思ってますです。

だから……この学校に入学しても、真冬、一人でいようと、思っていました。

それは某先輩《ぼうせんぱい》のように荒《あ》れて一匹狼《いっぴきおおかみ》を気取るわけでもなくて、さっき言ったように、単純に一人が好きだからです。本やゲームに没入《ぼつにゅう》してしまうのが、大好きだからです。

だからここに来る前の中学校でも、小学校でも、真冬は殆《ほとん》ど一人でした。お姉ちゃんがいてくれたりはしましたけど……他の誰かと特別親しくなった経験は、あまりなくて。

だけど、この学園では、いきなり「生徒会役員」というのに選ばれてしまいまして。

毎日放課後に、お姉ちゃんも居るとはいえ、他に三人の先輩方と、沢山《たくさん》喋らなくちゃいけなくて。


正直に言うと、最初は、かなりイヤでした。

だって、放課後残されて、一人の時間はどんどん減るし、喋るの苦手ですし。
お姉ちゃん以外の三人のメンバーっていうのだって、
その1　なに考えているかよく分からない、グラマラスなお姉さん。苦手。

その2　すっごく元気すぎて、喋る言葉の八割ぐらい叫《さけ》びみたいな子供先輩さん。苦手。
その3　男性恐怖症《きょうふしょう》の真冬をも毒牙《どくが》にかけようと興奮する男性先輩。ニフ○ム！

です。ついでに、こんなこと言うとアレですけど、お姉ちゃんの暑苦しいテンションも実は凄《すご》く苦手だった真冬としては……初日なんかもう涙目《なみだめ》ですよ！　この気持ち、皆さん分かってくれますでしょうか！　人見知りが喋るには、とんでもなくハードル高い四人すぎますですー！　もうなんなんですかぁー！

こほん。取り乱しましたです。

……ですけど今は……。

真冬は、この生徒会から……学園から離《はな》れるのが、たまらなく、イヤです。

もっともっと……あと二年と言わず、ずっとずっと……この学校に、通い、たいです。

…………。

真冬はやっぱり、今でも一人が好きです。

だけど。

この学園の皆《みな》さんと過ごす時間は、それ以上に、好きになってしまいました。

生徒会に行った初日、皆さんの濃《こ》さに圧倒《あっとう》されながらも、なんだか今までの自分の生活に無かった充実感《じゅうじつかん》を、頂いて。

一ヶ月、二ヶ月と会議に参加するうちに、そこが、真冬にとってまるで家族の食卓《しょくたく》みたいな場所になっていて。

三ヶ月、四ヶ月と経《た》つ頃《ころ》には、もう、何ものにも代《か》え難《がた》い存在にまで、なってしまって。

半年ぐらい経った頃には、生徒会だけじゃなくて、クラスメイトの皆さんとも、凄く親しくなれて。

そして今は……もう。

この学園から、本当は、絶対に、絶対に、離れたく、なんか……。

………………。

……ふぇ……だ、駄目ですね、真冬。全然、成長とか、出来てないです。入学の時から変わらないまま。気弱で、泣き虫で、人見知りで……。

次の学校に行って、うまくやっていける自信なんて、本当はこれっぽっちもないです。

……だけど。

この学園をこんなに好きになれた真冬は、次の学校もきっと好きになれると思うのです。

……皆さんのおかげで、真冬は……成長は全然ですけど、でも。

人が、凄く、好きになれました。

世の中にはいい人ばかりいるわけじゃないって、分かってます。碧陽《へきよう》学園が特別いいところだったというのも、理解しているつもりです。

それでも。

今の真冬は、お姉ちゃんと同じで、「明日《あした》」に希望を持っています。

碧陽学園の皆さんのおかげで、真冬は……余計、ぽわぽわした脳味噌《のうみそ》になっちゃったのかもしれませんね。

えへへ……。

……………。

えっと、だから、その、なんて言ったら……。

……………。


と、とにかく、ありがとうございましたです！　皆《みな》さん、ずっと大好きですぅー！

＊
思いっきり腰《こし》を折り曲げて礼をした後、ぐずりながらも戻《もど》っていく椎名真冬。彼女のゆったりした歩みを見守った後、再度司会が登場。


ひぐっ、うぐっ、椎名真冬さんでじだわ……。……なんですの！　卒業生が卒業式で泣いて何か問題ありますの!?　逆ギレじゃないですわよ！　正当な怒《いか》りですわよ！　もう！

これだから生徒会は！　あー、腹立ちますわ！

そんなわけで、転校生挨拶《あいさつ》はおしまいですわー！

次いきますわよ、次！

【改装する生徒会】

「立つ鳥はっ、跡《あと》を濁《にご》さないのよ！」

会長がいつものように小さな胸を張ってなにかの本の受け売りを偉《えら》そうに語っていた。

「そんなわけで、今日は生徒会室大掃除《おおそうじ》だよー！」

『おおー！』

役員全員、マスク&エプロン着用の上、手に持った思い思いの掃除道具を掲《かか》げる。

……一見すると凄《すご》く清掃《せいそう》に力を入れる真面目《まじめ》な生徒会みたいだが、二月の会議中に大掃除の話題が出てから、実際こうして掃除が始まるまで、二週間程経過していたりする。なにせ今日は卒業式から逆算して考えると、生徒会室を大掃除出来る最後のタイミング。

……もうお分かり頂けたことだろう。

「大掃除だぞ、皆の衆ぅー！」

『おおー！』

「今日こそやるぞー！」

『おおー!』

これは、夏休みの宿題を全くやってなかったヤッらが最終日に寄り集まった時の、あのテンションの上がり方と全く同種のものである。つまり自棄《やけ》。

「はいはい、お前ら、顧問《こもん》へのやる気アピールはいいからさっさと掃除しろー」

『……へーい』

真儀瑠《まぎる》先生の現実に引き戻《もど》す言葉にげんなりしながら応じると、彼女は「ったく」と呆《あき》れた様子で俺達を睨《にら》んできた。

「私は割と早い段階から警告してただろうが。こういうのは、先にやっちゃった方がいいぞって。後になればなるほどかったるくなるばかりだぞって」

言っていること自体は至極《しごく》正論というかなんの非の打ち所も無いんだが、それを言っているのが真儀瑠先生ということに対して妙《みょう》にひっかかりを覚える俺達。

代表して俺が、子供っぽいとは分かりつつも文句を垂れる。

「もう、こうして皆で生徒会室に集まれる時間は残り少ないというのに……」

「それこそ清掃を後回しにしたお前らの責任だろう」

「……誰《だれ》が去年一番生徒会室を汚《よご》したかって、室内でムシャムシャ自由にパンを貪《むさぼ》っていた顧問なんじゃないかと俺は——」

「じゃ、私は職員会議あるから！」

『逃《に》げた！』

　まあ最初から戦力としては数えてなかったけどさ。

　というわけで、真儀瑠先生が去ったことで、いよいよ逆に「やるか……」と自主的に思い始め、のろのろと動き出す生徒会役員の面々。

「あー、あたし、ちまちましたのは不得意だから、棚《たな》動かしたりとか力仕事担当で」

「真冬《まふゆ》は掃《は》き掃除しますー。部屋の隅《すみ》っこは真冬のテリトリーですからね」

「じゃ、わたし高い所の窓拭《ふ》くー！　踏《ふ》み台《だい》持ってまいれー！」

「はいはい、アカちゃんは私と一緒《いっしょ》に低いところの雑巾《ぞうきん》がけしましょうねー」

「じゃあ俺は、それこそ高い所担当っつうことで」

　やる気こそ無いが、そこは一年一緒に過ごした生徒会。約一名以外自分の得意な担当をさくっと見付けて、それぞれの作業に散っていった。

　そうして作業開始から、僅《わず》か二分。

「あれ、これは……」

深夏《みなつ》が動かした棚の後ろを清掃していた真冬ちゃんが、声を上げた。他《ほか》のメンバーが一旦《いったん》手を止めてそちらを向く。

するど、真冬ちゃんは棚の陰《かげ》で何かもぞもぞとした後、更《さら》に大きな声を上げた。

「こ、これはっ！　だ、大発見ですー！　な、なんてことでしょう！」

『？』

真冬ちゃんが珍《めずら》しく大興奮している。俺達は一度顔を見合わせると、彼女の方へと近付いていった。すると……。

「壁新聞《かべしんぶん》です！　以前先輩《せんぱい》の二股疑惑《ふたまたぎわく》を取《と》り扱《あつか》った壁新聞が、棚の裏に！」

『なんで⁉』

驚《おどろ》いて確認しに行ってみると、成程、確かにそこには、少し変色した壁新聞がしっかりと貼《は》ってあった。昔……確か五月ぐらいに新聞部が作ったヤツだ。

深夏が感心した様子で呟《つぶや》く。

「あったなぁ、こんなの。しかし、なんでこんな所に……」

「どうせリリシアさんあたりがこっそり貼ったんだろ。しかし……」

今改めて読むと、ホントある意味核心《かくしん》に迫《せま》った記事だ。あの人の嗅覚《きゅうかく》は本物だな。気付けば、俺だけじゃなくて他のメンバーも食い入るようにふむふむと読んでいた。俺の過去を結構詳《くわ》しく知り、林檎《りんご》と面識を持った今となっては、また以前とは受け取り方が違《ちが》うのかも知れない。

そんな風に二股記事を読んでいるうちに、今度は隣《となり》のどうでもいいコラムにまで目が行き、しかし妙に懐《なつ》かしいネタだったためそれもふむふむと読み込んでいると、今度は実は裏面まで記事があったことに気付き、これまた全員でふむふむと……。

結果。

「さ、さて！　皆、掃除戻《もど》るよー！」

『お、おおー！』

全部読み終わった所で、仕切り直すように会長が告げる。うん、今のは小休憩《きゅうけい》だよ、小休憩。作業時間二分に対して壁新聞時間十分あったけど、全然小休憩の範囲《はんい》内だよ。

というわけで、新聞はとりあえず剝《は》がして、掃除続行。俺は真冬ちゃんと深夏が掃除している方とは逆の棚の上を掃除――

「ん？」

しようとして、何かに手がカツンとぶつかった。手で探ってみると、どうやらディスクケースのようだ。そのまま取り出して、ホコリを払《はら》うと、透明《とうめい》のケースからディスクとそのタイトルが現れた。

「十異世界……」

『あったねぇ、そんなの！（あったなぁ、そんなの！）』

呟いた途端《とたん》、全員が俺の方にワラワラと寄って来る。俺も懐かしかったため、ディスクを机の上に置いて、皆でジッと見つめる。

…………。

「……やる？」

誰からともなく出たその言葉に、即座《そくざ》に全員が頷《うなず》いた。

「……さ、さて！　皆、掃除戻るよ！」

『お、おおー！』

気合い充分《じゅうぶん》！　俺達は本当に真面目に掃除に取り組む！……と、十異世界をチート武器買わずクリアするっていう試みをしてみたり、エンディング直前の選択肢《せんたくし》でマギールに屈《くつ》してみたりとか、あと理不尽《りふじん》な隠《かく》しダンジョンに挑戦《ちょうせん》してみたりとか、あくまで、小……しょ、小じゃないかもしれないけど、休憩だもんね！　うん！　大丈夫《だいじょうぶ》！

一時間作業止まってたけど、全然大丈夫！

ま、まだまだ放課後は長いさ！　というわけで、掃除を続行する。今度こそ俺は棚の上をスムーズに拭き、真冬ちゃんは掃き掃除にせいを出し、深夏は重いダンボールを一旦動かしたりし——

「おい、この箱に入ってるのって、どこにやったか分からなくなってたアニメ版生徒会の資料じゃねーか！　すげぇー！」

『マジで⁉（本当⁉）』

と、いうわけで。

「……う、うん。……よぉし！　皆ぁ、掃除だぁ！」

『おおー！』

掃除再開。ん、なにかな？　別に……俺達、ちょっと書類見てただけだよ、うん。無駄《むだ》に詳細《しょうさい》設定された残響死滅《エコー・オブ・デス》のラフとか見付けて盛り上がりなんか、してないよ、うん。初期に提出された俺達の色んなイラストを見て、似てるだの似てないだのでゲラゲラ笑いあいながら思いっきり盛り上がった挙げ句――


気付いたらもう一時間経《た》ってたなんてこと、ないと思うよ、うん。


おや、おかしいな。壁《かべ》の時計がちょっと壊《こわ》れている気がするなぁ、うん。

「す、杉崎《すぎさき》」

俺の抱《いだ》いている違和感《いわかん》に、会長も気付いたようだ。なぜか額《ひたい》に汗《あせ》を滲《にじ》ませて、一瞬《いっしゅん》チラッと窓の外が暗いのを確認しながらも、まるでそれを見なかったかのように声をかけてくる。

「な、なんか時計おかしいね。あと、今日は……て、天気悪いね」

「そ、そうッスね。時計おかしいッスよね。ちょっと進みすぎッスよね」

「だ、だよね、だよね、絶対そうだよね」

「ええ、絶対そうッスよ」

お互《たが》い、色んなことから目を背《そむ》けつつ会話を続ける。変な沈黙《ちんもく》が五秒ほどあった後……会長が、まるでなんらかの罪悪感を振《ふ》り切るかのように、提案してきた。

「そ、そうだ！　折角《せっかく》だから、時計新しいのに取り替《か》えようか！　まだちょっと予算余ってた気がするし！」

「あ、そりゃいいですね！」

俺と会長で盛り上がっていると、その会話に知弦《ちづる》さんと椎名《しいな》姉妹も参加してきた。

「それはいいわね、キー君、アカちゃん。予算は確かに余ってるから……ついでに、消耗《しょうもう》した文房具《ぶんぼうぐ》とかも補充しておきましょうか」

「お、そういうことなら、あたしが凹《へこ》ましちまった壁のあの部分、完全修復まではいかなくても、ちょっと見た目よくする補修ぐらいしときたいぜ！」

「で、でしたら真冬も、生徒会のパソコンのメモリ増設とかしていきたいです！」

そんな全員の意見を受けて、会長が勢いづく！

「じゃあ、これから皆《みんな》で街に買い物だー！　レッツゴー！」

『おおー！』

と、いうわけで。

「…………。……よ、よし！　掃除《そうじ》、再開だよー！」

『……お、おおー！』

掃除再開。……え、窓の外が完全に黒いって？　いや気のせいじゃないかなぁ。え、会長がなんだか目をしぱしぱさせているって？　もう彼女の寝《ね》る時間なんじゃないかって？　いやそれも気のせいだと思うなぁ。だって俺達ほら、軽く、本当に軽く、街のホームセンターとか電器屋とか行っただけだしさぁ。目的以外のことなんて、全然。

…………。

……予算の余りをちょろまかしてファミレスで夕食食べてデザートまでつけた上に、店で偶然《ぐうぜん》エリスちゃんに出逢《であ》ってしまって、どうしてこんなところにという話題から、そこは両親が展開しているチェーンの一つなんだという驚愕《きょうがく》の事実に驚いたり、そのままの流れで思い出話に花を咲《さ》かせたりとか、途中《とちゅう》からリリシアさん乱入してすげぇ面倒《めんどう》なことになったりとか、そんなこと、ぜーんぜん。してない……。…………。……き、記憶《きおく》にはございません。そういう事実は無かったと、わたくし共の方では、認識している次第でございます、ええ。

で、でもほら、おかげで時計新しくなったしさ！　文房具も充実《じゅうじつ》したし！　壁の傷も見た目には全然分からなくなったし！　パソコンもほら、こんなにサクサク動くように！

わーい、これで来年の生徒会も安泰《あんたい》だね！

…………。

……なぜか、無言のメンバー達による、シャッシャ、キュッキュッという掃除の寂《さび》しい音だけが室内に響《ひび》き渡《わた》る。……なんだこの妙《みょう》な圧迫感《あっぱくかん》……。

三分ほどそうしたところで、知弦さんが、ぽつりと漏《も》らした。

「なんか……バランス悪いわね、この部屋」

『え』

意外な呟きに全員で知弦さんの方を見る。彼女は生徒会室の隅《すみ》から部屋全体を見渡《みわた》すようにして、神妙《しんみょう》な面持《おもも》ちで告げてきた。

「いえね、掃除始める前までは、雑然とはしていても、妙なしっくり感はあったのよ、この部屋。それが今はどう？　掃除の途中だからというのを差し引いても、新しい時計と周囲の配色バランスがちょっとおかしかったり、壁の一部分だけ直したことによって他の古びた部分との境界が逆に際立《きわだ》っていたり、新しいシャープペンの芯《しん》のサイズとかルーズリーフの種類が古いものとの互換性《ごかんせい》が微妙《びみょう》に悪かったり……パソコンに至っては見た目午季入っている割に妙に動作サクサクっていうのが単体で矛盾《むじゅん》感を醸《かも》し出しているしで……」

『確かに……』

言われてみればその通りに見えてきた！　この部屋、なんか、掃除する前の方が調和とれていた気がする！　絶対そうだ！　一部分が変に綺麗《きれい》になったり新しくなったせいで、ちょっとアンバランスになってきている気がする！

全員が納得《なっとく》する中……知弦さんが、ぽつりと、呟く。

「リフォームね……」

『え……』

そのありえない言葉に、全員が……全員が……。


同意する！


「そうだ！　リフォームだ！　ここまで来たらもう、やったろうぜ！　あたし達ならちゃちゃっと出来るはずだぜ、リフォーム！」

「お姉ちゃんの言う通りです！　出来ます！　マイン○ラフト実況《じっきょう》において美しい建築物を造ることに定評のある真冬なら、お茶の子さいさいです！」

「ふふふ、おうちでは『ダンボールの魔術師《まじゅつし》』と呼ばれたこの桜野《さくらの》くりむ……いや、匠《たくみ》の技《わざ》を、とくと見るがいいさー！」

「やりましょう、知弦さん！　リフォームを……そして、劇的な……劇的な、ビフォーとアフターの違《ちが》いを次の生徒会に見せつけてやるんです！」

「キー君！　皆！」

　というわけで。

　俺達は、掃除なんか生温《なまぬる》いことではなくて……ここに来て、生徒会室のリフォームに踏《ふ》み切ることにした！

　夜になって、テンションがおかしくなんか、なってないやーい！　へへーい！

○　緊急企画《きんきゅうきかく》！　大改装！　刺激《しげき》的！　ビフォーアフター！

＊　before

学内に留《とど》まらぬ意欲《いよく》的な活動の結果、様々な荷物で雑然としていた生徒会家。

お風呂《ふろ》に行こうにもお風呂など無く、トイレは血気盛んな高校生達と共同。夫婦の寝室《しんしつ》と子供部屋どころかリビングもキッチンも全《すべ》て一緒《いっしょ》くたにしたような狭《せま》い部屋は、ゲームから自著からポットから金属バットまで、なんでもござれのごった煮《に》状態。バリアフリーという言葉の意味も知らないバイタリティ溢《あふ》れる役員達は、そんな部屋をいつもところ狭しと暴れ回る始末です。荒《あ》れに荒れ果《は》てた結果、なんらかのケミカル的謎爆発《なぞばくはつ》によりいつ終末戦争の引き金になってもおかしくなかった家。魔物《まもの》のるつぼ。

それが以前の生徒会家でした。

しかし今。五人の匠の手により、まったく新しい姿へと生まれ変わったのです！

＊　ａｆｔｅｒ

あれから三時間。夜も深まってきた頃《ころ》、「なんでまだいるんだお前ら⁉」と驚《おどろ》く顧問《こもん》であり本日の宿直でもあった真儀瑠先生を、匠達は笑顔《えがお》で新生徒会家に招待しました。

匠達の手により、理想的なリフォームを施《ほどこ》された生徒会家。

それを見た時、顧問の真儀瑠紗鳥《さとり》さんは、一体どんな反応をするのでしょうか。

それでは、見ていきましょう。

以前はなんの捻《ひね》りも無く「生徒会室」と記《しる》された入り口でしかなかった玄関《げんかん》。

それが……なんということでしょう！

戸の脇《わき》に時期はずれもいいところの「門松《かどまつ》」が飾《かざ》られているではありませんか！

なんの変哲《へんてつ》もない入り口に突如《とつじょ》添えられた緑の彩《いろど》り。たったこれだけの変化によって、他の教室と明らかな差異を出しているところに、匠のこだわりを感じさせます。これには流石《さすが》の真儀瑠先生も閉口。今まで騒《さわ》いでいたのが嘘《うそ》のように静まりかえります。

そうして門松に迎《むか》えられ、表札もまるで武道場のそれを思わせる木の板に替えられた戸を抜《ぬ》けると、その先に広がるのはまさに夢空間。

以前は校内の他の場所同様、白を基調とした、まさに学校然とした面白みの無かった床《ゆか》色及《およ》び壁紙《かべがみ》も。

ああ、なんということでしょう！

今にも飛び出しそうな百鬼夜行《ひゃっきやこう》絵巻が壁と床一面に貼《は》り付《つ》けてあるではありませんか！

門松から一貫《いっかん》した「和」のテイストに、匠の粋《いき》な心意気が感じられます。

これには、顧問の先生も至極《しごく》ご満悦《まんえつ》の様子。終始開いた口が塞《ふさ》がらないといった様子で、匠の手によって生まれ変わった生徒会家を眺《なが》めておられます。

更《さら》にここで注目したいのは、室内の収納機能。

以前は年季の入った棚《たな》や小物入れの空《あ》いているところに雑然と書類等を詰《つ》め込んだ結果、一部は収まりきらずに溢れてしまっていた生徒会家。

それが……ああ、なんということでしょう！

通気口を外して勝手に冒険《ぼうけん》・開拓《かいたく》した屋根裏収納に荷物を全部押し込むことによって、生徒会家自体には広々としたゆとりのスペースが生まれているではありませんか！

これには顧問の真儀瑠先生も感心しきりです。あまりの感動で動揺《どうよう》なさったのか、「天《てん》井《じょう》が重みに耐《た》えられなくなるぞ！　今すぐ戻《もど》せ！」などと匠達にはよく分からない主張を喚《わめ》きちらしていますが、これこそ、人の感情を揺《ゆ》さぶる匠達が手がけた物件であればこその、微笑《ほほえ》ましい光景。スタッフ一同も心がほっこりする一幕です。

そして真に驚くべきは、まだまだそんなものではなかったのです。

室内中央。それはこの生徒会家の要《かなめ》と言っていい、長時間を過ごす会議の場。

そこにも、匠のこだわりがありました。

以前はただ長机と椅子《いす》が置かれていただけの、簡素を通りこしていっそ冷たい印象まで持たれかねなかった会議の場。

しかしそれが、ああ、なんということでしょう！

思い切って長机を排《はい》し、中華《ちゅうか》のターンテーブルを導入することで、一気に暖かみの感じられる会議場へと変貌《へんぼう》しているではありませんか！

これには真儀瑠先生も大興奮！「前の机どこやったんだよ!?　え!?　いや、というかどっから金出た!?　誰《だれ》の名前で請求書貰《せいきゅうしょもら》って来たお前らっ！　なぁ!?」とあまりの感動でうっすら涙《なみだ》まで浮《う》かべております。

セットで購入《こうにゅう》した中華らしい赤い椅子も含《ふく》め、まさにそこは団欒《だんらん》の食卓《しょくたく》。以前と違って人の血が通《かよ》った会議が期待されます。そして、それまで一貫していた「和」のテイストの中に、突如《とつじょ》として強力な「チャイナ」を放《ほう》り込む所に、匠達のちょっとした遊び心も感じられます。

もう一つ注目して欲しいのが、パソコンです。

以前は数代前から使用している古い型のノートパソコンがあるのみだった、生徒会家。

これでは最新の情報をネットから取得することもままなりません。

そこで匠は、一計を案じました。

そう。

生徒会家の一角に、ちょっとしたデータセンターを構築してしまったのです！

「どっから金出したぁあああああああああああああああああああ!?」

顧問の真儀瑠先生による嬉《うれ》しい悲鳴が室内に響《ひび》き渡《わた》ります。これには、匠達五人も思わず苦笑《くしょう》。

データセンターの導入により、生徒会家のIT環境《かんきょう》は劇的に向上。更なる仕事の効率化が期待されます。

「一〇郎とインターネッ〇エクスプローラーぐらいしか使わんだろうがお前ら！」

真儀瑠先生は目をキラキラとさせてデータセンターを眺め回しています。……キラキラ？　ウルウル？　まあそういった表現はこの際些末《さまつ》なことでしょう。

さて、匠達のこだわりは細部にまで宿ります。ここからはその小さな、しかし卓越《たくえつ》した気配りにもとづいた仕事を、顧問の先生とともに確認していきましょう。

まず、入り口脇の壁の一角にご注目下さい。

「ん、あれ、なんか壁から生えて――」

蛇口《じゃぐち》が増設されました。

「どうやって⁉　全然細かい変更《へんこう》じゃないだろう！　大工事だろう、これ！」

驚くべきは、それだけではありません。逆側の壁をごらん下さい。

「ん、なんだあれ、椅子か――」

便座も増設されました。

「独房《どくぼう》めいてきてる⁉　っていうかお前ら本当にあれ使うんだろうなぁ！　皆《みんな》に見守られる中、用を足したり出来るんだろうなぁ⁉」

そして、天井の明かりにご注目下さい。

「明かりって……蛍光灯《けいこうとう》？　まあ蛍光灯の色変えるぐらいなら、大した変更じゃ――」

天窓を増設しました。月明かりが綺麗《きれい》ですね。

「大惨事《だいさんじ》！　うわ、なんか屋上までぶち抜かれている⁉」

勿論《もちろん》、天井裏《てんじょううら》収納を避《さ》けて作りましたので、そちらに影響《えいきょう》はありません。ご安心下さい。

「誰もそこの心配はしてない！　ど、どうすんだこれ！　なぁ⁉」

では真儀瑠先生。その、会長さんの座る椅子の裏に設置された赤いボタンを押してみて下さい。

「ん？　どれどれ……ああ、これか。もうなんでも来い……ポチっと」

《プシュー……》

「うわっ、なんだこの白い霧《きり》は！　まさかお前ら……毒ガスで私を抹殺《まっさつ》――」

今流行《はや》りのミストサウナです。

「外せ！　というか書類！　書類が濡《ぬ》れるだろう！　なんの機能だこれ！」

最後に真儀瑠先生、窓の外をご覧下さい。

「窓の外？　お前ら、遂《つい》に室内に留まらず窓枠《まどわく》や外壁《がいへき》にまでなんか細工を——」

校庭に大量のカピバラさんを放ってみました。

「うわぁあああ⁉　なんかグラウンド全体がもぞもぞしてる⁉　いっそ可愛《かわい》くない！　あそこまで多いと全く可愛くない！　そして最早《もはや》リフォームというレベルじゃない！」

匠《たくみ》のサービス精神が光ります。

「光りすぎだ！　もう、どうすんだこれ！　色々どうすんだ！」

こうして、真儀瑠先生の顔に笑顔が刻まれました。

この家で来年の生徒会、そして顧問が幸せに過ごしていく未来絵図を描《えが》きながら。

五人の匠達は、満足げに次の仕事現場へと去っていくのでした……。

「いや元に戻していけぇえええええええええええええええええええええええ！」

刺《し》激《げき》的ビフォーアノター　「会議と掃除《そうじ》がはかどらない家」編　完

＊　翌日冷静になった生徒会役員達が自主的に全て元に戻しました。

【卒業式――在校生送辞――】

はい、というわけで校歌斉唱《せいしょう》でしたわ。……ところで、校歌中にしゃくり上げるぐらいはまあ卒業式の想定範囲《はんい》内なのですが、約一名、終始大ボリュームで「びえーん！」しか言っていない生徒がいるのはいかがなものでしょうか。

そ、そんなわたくしを睨《にら》み付けても駄目《だめ》ですわよ、桜野《さくらの》くりむ。って、堂々と鼻をかむんじゃありませんわ！　紅葉《あかば》知弦《ちづる》も、「はい、ちーん」じゃないですわよ！　なにを甘やかしておりますの！　卒業式っていうのは、もっと厳《おごそ》かに――ま、まあわたくしが言うことでもございませんがっ！

もういいですわ……。さて、やって参りました「卒業式ディレクターズカット版」のプログラムも、残すところあと二《に》項目《こうもく》となりましたわ。

本来ならば校歌斉唱のあとに閉式の言葉をもって終わる予定でしたが、例によってわたくしが組《く》み替《か》えまして。

最後は、在校生送辞と、それを受けての卒業生答辞をもって、この卒業式を終わりと致《いた》したいと思いますわ。

……ふん、悔《くや》しいですが、杉崎鍵《すぎさきけん》の挨拶《あいさつ》と、そして桜野くりむの挨拶ほど……この学校生活を締《し》めくくるのに相応《ふさわ》しいイベントは、ありませんもの。

そんなわけで……準備はよろしいですわね？

では、改めまして。

在校生、送辞。

＊

二年生の座る中から立ち上がる、一人の男子生徒。彼は少し緊張《きんちょう》気味に背筋を伸《の》ばして壇上《だんじょう》へと向かうと、それでも場慣れはしているのか、きっちりと来賓《らいひん》への礼などを済ませ、マイクの前に着く。

送辞。

冬の厳《きび》しい寒さも和《やわ》らぎ、日ましに春らしくなってきた今日というよき日。

この碧陽学園《へきようがくえん》を卒業され、光溢《あふ》れる未来へと旅立たんとする三年生の皆《みな》さん、ご卒業おめでとうございます。

………。

あー……すいません、まだ、送辞、実はここまでしか出来てなかったんスよね……。

＊照れたように頭を掻《か》きながら、手に持っていた紙を折《お》り畳《たた》む在校生代表、杉崎鍵。しかしそんな彼の様子を生徒達はどこか安心した様子で見つめる。

紙をポケットにしまい終えた彼は、彼自身の言葉で送辞を再開した。

えっと、ネットとか調べて序盤《じょばん》の定型文までは書いてみたんスけど……どうもイマイチしっくりこなくて。それでも卒業式当日までには完成させるつもりだったんスけど、なんか妙《みょう》にバタバタしちまいまして、こんな感じに……すいません。

えと……とにかくですね。

まずは、卒業生の皆さん、本当におめでとうございます！

今日というよき日に立ち会えたこと、心から光栄に思っています！　っつうか、下手《へた》すると立ち会えない可能性大だったので、マジで。ホントに。参加出来て良かったッスよ。

……………。

うん……やっぱ、なんか、うまくいかないッスね。ここに来るまでの間に、ずっと考えてたんですけどね……やっぱり、全然いい言葉思いつかないッス。

本当なら、もうちょっと、うまくやれると思ってたんですよ。いざとなったら定型文にちょっと自分のアレンジ加えるぐらいで、なんとかやり過ごせりゃいいかなぁーとか考えてて……。

でも……やっぱ、無理です。いざ卒業式に参加してみると、全然、ダメだ。

胸の奥んとこから色んな感情が湧《わ》き出て来すぎて……もう、なんも、考えられなくて。

……………。

こ、ここに来る前もッスね。昨日から今日にかけて、その、個人的に色んなこと、ありまして。

幼馴染《おさななじ》みの女の子に呼び出されて、ハーレム思想の決意表明させられたり。

昔敵対していた大人に、最低な開き直り方を教えて貰《もら》ったり。

安全運転の暴走族に、別れは終わりじゃないって諭《さと》されちまったり。

そういう、色んなことが、あって。

要は、全員俺に、前を向いて、自分のやりたいようにやりゃあいいって、背中を押してくれていて。

…………。

でも……でも俺……。

俺、今や、もう、自分が何をしたいのか、分からない……です。

う……ぐ。

…………。

分かんないスよ……もう、なんか、ぐちゃぐちゃなんスよ……ずっと。

俺が言いたいことって、なんですか。

俺がやりたいことって、なんですか。

ここに来て……一年前には分かってたはずのそんなことさえ、もう、分からなくなる有様で。

みっともないッス……ホント。すんません……。

………。

卒業式に参加出来て良かったっつうのも、三年生の皆さんの卒業を喜ばしく思っているっつうのも、全然、嘘《うそ》じゃないんです。

転校するヤツらに対しても、笑って送り出してやりたい気持ちがあるのも、全然、嘘じゃ、なくて。

そういう意味じゃ、言いたいことや、やりたいことじゃなくて、「やるべきこと」は、ちゃんと分かっていて。

少なくとも、この碧陽学園で二年過ごして、成長させて貰った男・杉崎鍵としては、ただただ笑顔《えがお》で、黙《だま》って、力強く、皆《みんな》を安心させる笑顔で……道化《どうけ》の振《ふ》る舞《ま》いで笑いさえ誘《さそ》って、そうやって送り出すべきだってことぐらい、分かっていて。

それが、もう、出来ないわけじゃ、なくて。

だって俺、成長、させて貰ったから。

皆に、凄《すご》く、凄く、癒《いや》して、鍛《きた》えて、笑って、貰ったから。

だから。
だから。
……だけど。
……もし……もし今、本当に素直《すなお》な俺の心を、吐露《とろ》して、いい、っつうなら。
俺。
俺。
皆と離《はな》れたくなんか、ねぇに決まってんじゃんかよ！
……ぐ、ぅ。

うぅ……いやだ……いやだ……いやだ、よぅ……うぐ。
なんで……なんでだよ。なんで、卒業なんか、転校なんか、するんスか。
ずっと幸せなぬるま湯に浸《つ》かりたいと望むことは、そんなに、罪ですかっ。
厳しい道でも未来に歩むっていうことが、そんなに、尊《とうと》いことですかっ。
分かんねぇッスよ……もう。
少なくとも俺は……今が、一番、幸せでした。
これから先に、もっと楽しいことがあるからって、皆言うかもしれないけど。
そんなの、自分でも、頭では理解しているけど。
俺は、それでも……どうしたって、心の奥底の本音《ほんね》では……。

このままで……いたいんです。

未来に向かって、前向きに歩くのが正解だなんて、嘘だ。言い訳だ。
最後には進むしかないから、それこそ正解だと思わなきゃ、やってられないだけだ。
……は、ははっ、な、なに言ってんだ俺、卒業式に。
最低だ。

最低ッスよ……分かってるんスよ……。

でも……。

行かないで……ほしいん、です。

結局、それが俺、杉崎鍵の、本心です。

行かないで。行っちゃやだ。お願いだから俺の傍《そば》に居て。「明日《あした》」なんか要《い》らない。「今」が幸せなら、それでいいじゃないか。それの、何がいけないんスか。いやだいやだいやだいやだいやだ！

………。

なんてことはないです……。

結局……。

結局、生徒会で、碧陽学園で一番子供なのは、最後まで、俺だったっつうことです。

…………。

ああ……今、分かりました。そりゃ、送辞なんて、いくら悩《なや》んでも、出て来ないわけだ。

だって俺、最初から徹頭徹尾《てっとうてつび》、皆を送りたくなんか、ないんですから。

はは……誰《だれ》だよ、俺に送辞なんか、任せたの。まったく……ホント……。

…………。


ちくしょう。

何がハーレムだ。何が主人公だ。何が全部守るだ。


俺は結局、自分の身の程を知らないただのガキで。

ガキだからこそ、これまでは、ガムシャラに前に進めていて。

だけど。

いざこうして自分の思い通りにならない現実に直面すると、こうやって泣きじゃくるぐらいしか、出来なくて。

…………。

すいません……本気で、皆を碧陽学園にとどめてやろうなんて、思ってるわけじゃないんス。

さっき言ったみたいに、この日を喜ばしく思っている自分も、少しは、いるんです。

でもその……ここにきて俺は、本音を、ワガママを言うことを、覚えちまったみたいで。

すいません。本当に、すいません。今までの俺だったら、そういうの隠《かく》して、皆のことだけ考えて振る舞うことこそ、最高の男だと思ってたハズなんスけどね。実際正解は、多分そっちですし。うん……自分のワガママで卒業式をぶちこわしていい権利なんて、誰にも、ないはずですから。

えっと……。

だから最後に、少しだけ、自分で自分をフォローさせて貰うなら。

俺は……いや、俺達、在校生は。

この学園から去る皆《みな》さんのことを、それだけ、大好きだったっつうことです。

こんな風に、この一年ずっとカッコつけてきた男がみっともなく、恥《はじ》も外聞《がいぶん》もかなぐり捨てて取りすがってしまうくらい、皆さんは、素敵な人達で。

だから、そんな皆さんが、この学園を去った先で輝《かがや》かしい未来を手に入れられないはずが、なくて。

……ははっ、すっげぇ支離《しり》滅裂《めつれつ》なこと言うようですけど。

俺は、碧陽学園から皆さんが巣立って行かれることが、心から誇《ほこ》らしくも、あり。

…………

……ああ、もう、どう収拾《しゅうしゅう》していいのか分からないっスけど。

と、とにかく！

本日は卒業、本当におめでとうございます！

皆……ずっとずっと大好きです！

＊

言うだけ言って、帰りは礼もせず袖《そで》で涙《なみだ》を拭《ぬぐ》いながら走り去る副会長。生徒全員が呆《あっ》気《け》にとられる中、司会の女生徒が真っ赤になった目を隠しもせず、それでも凜《りん》とした態度でプログラムを進行させる。

それでは、彼の言葉を受けて……卒業生答辞、お願い致《いた》しますわよ、桜野くりむ。

【卒業式――卒業生答辞――】

＊司会の指名を受けて立ち上がる小柄《こがら》な女子生徒。彼女は今までの誰《だれ》よりも慣れた動きで壇上《だんじょう》に上がると、きちんと礼もこなしてマイクの前につく。しかしその顔けつい直前まで泣きはらしていたのが一目瞭然《いちもくりょうぜん》の有様。
それも含《ふく》めて生徒一同彼女を真摯《しんし》に見守る中、彼女は最初からなんの紙も取り出すことなく、挨拶《あいさつ》を開始する。


答辞。

生徒の誰かが冬に作ってくれた校庭の巨大《きょだい》雪だるまさんも、そろそろちょっとブサイクさんになってきちゃってたね。

でも今朝見たら、誰かが顔を書き直して、雪だるまさんを笑顔にしてくれてたよ。

すごく、嬉《うれ》しかったんだ。

だから、今日はとてもいい日だよ。天気もいいし、とっても卒業式びより。

今日という日にこの学校を卒業出来ること、本当に、本当に嬉しい！

うん。

思い返すと、私の三年間はあっという間だったよ。

入学して、新しい親友が出来て、クラスの皆《みんな》ともどんどん仲良くなった頃《ころ》に、親友と二人で生徒会役員に選ばれちゃって。

…………。

本当はね、最初はね、今の私を知る皆からしたら、笑われちゃうかもだけど……。


自信なんか、無かったんだ。


だって、私だよ？

子供で、おばかさんで、ワガママで……中学まで友達の全然いなかった、私だよ？

それが、どうして、皆をまとめる会の一員になんて、選ばれちゃうんだろって。

人気投票の結果が出てからね、役員を引き受けるかどうかの決断を迫《せま》られる日まで、毎晩、お腹がきゅぅきゅぅしてたんだ。ホントは。

だけどね、ある日知弦《ちづる》が……じゃなかった、親友が、言ってくれたの。

私の、好きにしたらいいって。

……最初はね、頼《たよ》りにならないなぁって思ったんだ。どうしたらいいか迷っているのに、「好きにしたらいい」って、なーんにもアドバイスになってないって。

その親友はすごくすごく頭がいいのに、どうして、そんな言葉しかかけてくれないんだろうなって、思ったの。

だけどね……よく考えたら、その通りだなって。

だって、誰も何も、無理強《むりじ》いなんか、してない。

そりゃあ、人気投票で入れてくれた人に対する、えーと、ぎ、義理？　そういうの、あるかなって思うけど。

選択肢《せんたくし》は、ずっと、私にあって。

私は、好きな方を、好きに選べるのに。

だからこそ、悩んでて。

でもそれって、凄く幸せなことだって思ったんだ。

私は、選べるんだよ。

どっちかしか、行けないんじゃない。

どっちでも、好きな方に行けるんだ。

……状況《じょうきょう》は、なーんにも変わってなんかいないのに。言い方を、ちょっと変えただけなのに。

それでも私は、途端《とたん》に、凄く楽になったんだ。


私の、好きにしたらいい。


その言葉は、なんだか、凄く魅力《みりょく》的で。

その言葉は、なんだか、凄く重くて。

だけど。

だから。


私は、その言葉が、大好きになったんだ。

……中学までの私には、そういう発想、無かったから。

私のことは、私自身じゃなくて、周りの事情で決まっちゃうんだって、思ってたから。
……うん、それは、間違《まちが》っても、いないんだけど。
どうにもならないことって、ままならないことって、やっぱり沢山《たくさん》、あるんだけど。
でもね。
自分自身で好きにしていいことだって、結構、沢山、あるんだって。
失敗を怖《こわ》がって、選ぶことを最初からやめちゃうのは、とても、勿体《もったい》ないんだって。
そう、思って。

だから、私は、生徒会役員に……そして、会長に、なったんだ。

えへへ……ごめんね。私が「好きに」したせいで、皆に迷惑《めいわく》かけたことも、沢山あると思う。本当にごめん。わ、私だって本当はちゃんと分かってるんだよ？　えへん！　……む、胸張るところじゃなかったね、うん……。
でも、反省はしても、後悔《こうかい》はしないよ。だって……私は、この三年間、ずっと「好きに」生きてきたもん。

私、桜野《さくらの》くりむは、ずっと、ちゃんと、桜野くりむ、だったもん。

……今日一緒《いっしょ》に卒業する皆は、どうだったの、かな。

私が、そうだったように。皆にとって、この碧陽《へきよう》学園は「好きにしていられるところ」だったかな。

私の振《ふ》る舞《ま》いに呆《あき》れつつも、「だったら俺も」「だったら私も」って、思ってくれたりしていたら……こんなに、嬉しいことはないよ。

少なくとも私は、皆と三年間過ごせて、とても、とても幸せだったよ。

……さっき、在校生代表が言ってたけど。

……あの在校生代表と意見が合うのは、なんだかシャクだけど。

私の人生で一番楽しかったのも、間違いなく、この碧陽学園で過ごした日々だよ。

もっと、個人的なこと、言っちゃうなら。

私にとって今一番大事な場所は、あの、生徒会室、だよ。

……在校生の皆――それに、杉崎《すぎさき》……君。

私も、本当は、ここから去りたく、ないよ。

そりゃそうだよ。だってここは、私にとって、楽園だもん。ここで過ごした以上の楽しい時間がこれから先の人生にある自信なんて……全然、無いよ。

こういう時に思うよ。人生は、好きに出来ることも沢山あるけど、やっぱり……どうしたって、好きに出来ないことも、あって。それって、悔《くや》しいことに、いつだって凄く大事なことだったりするんだなぁって。

あーあ……ホント。

いや……だ、なぁ。

…………。

別れたく……ない……よぅ。

私も、杉崎と……皆と、一緒に、ずっと、ずぅーっと、ここにいたいよぅ……。

………。

だけど……ね。

今の私は、笑顔《えがお》でここを去りたいって……そうも、思うんだよ、杉崎。

……だから、ほら、そんな、みっともなく泣かないの。ほーらぁー、私の挨拶の途中《とちゅう》から声出して泣くものだから、周りの皆まで、伝染しちゃってるじゃない。特に深夏《みなつ》、なんで大声で泣いてるのよ。それに一年生、真冬《まふゆ》ちゃん取り囲んで泣かない！　あーもう！

みーんーなー！　しーずーかーにー！

もぅ、まったく！　在校生の皆がそんなだから、ホントは私が泣きたいのに、なんか、泣けないじゃん——って、なんで卒業生まで大号泣《だいごうきゅう》してんのさ！　ちょっと……あ、知弦！　知弦がそんな風に泣いてたら、そりゃ皆泣くよ！　自分の普段《ふだん》のキャラとのギャップ考えなさいよ！　もう……。

……全然泣き止《や》みそうにないから、もう続けちゃうけど。

私は、皆にも、最後は笑顔で見送ってほしいって、思うんだ。

……難しいかな。難しいよね。分かるよ。だって……別れは、悲しいもんね。

うん……。

でも……それでも今日は最後にちゃんと笑い合えるって……私、信じてるよ。

…………。

……昔ね。ある親友と……「卒業」以上にもっともっとどうしようもない「別れ」を、しなくちゃいけなくなったことが、あったんだ。

そこには……どう考えたって、悲しみしか、なくてさ。

まるでこの世の終わりみたいな気分だった。なにもかも……本当になにもかもが、イヤになっちゃって。

なのにその親友は、私が立ち止まることを、許してくれなくて。

本当は……辛《つら》かった。いやだった。時間なんか止まれーって思った。

杉崎の言う通り。

「ここ」がいいって、思った。「このまま」がいいって。

前に進むことこそ正解だなんて、絶対嘘《うそ》だって。

前に進まなくちゃいけないから、それこそ正解だって、誤魔化《ごまか》すしかないんだって。

でも。

当時の私は、その親友と幸せに過ごすことこそ、一番だと思っていたはずなのに。

今の私は、この碧陽学園での日々こそを、ずっとずっと続けたいって、思っていて。

……調子良いよね、ホント。でも、それが、真実でもあって。

私とはちょっと違《ちが》っても、皆《みんな》も同じようなこと、あるんじゃないかな。小学校卒業の時も、中学校卒業の時も、もっともっとこの仲間と一緒に居たいと思った人が、いるんじゃないかな。

勿論《もちろん》ね……前に進んだからって、そこが、今よりもっと幸せな保証なんて、無いよ。少なくとも今の私は、こんな風に言ってても、やっぱり、この学園で過ごした時間より楽しい未来なんか、想像もできないよ。

でもね。それでも一つだけ分かっていること、あるよ。

良い方に転んでも、悪い方に転んでも、どうしたって変わらない……唯一《ゆいいつ》の、こと。

それはさ。

それは……。

私はこの学園のことを、この先ずっとずっと幸せな気持ちで振り返れるってこと！

たとえ未来に、何か悲しい出来事が待っていたとしたってさ。

碧陽学園で過ごした幸せな時間はもう、どうしたって揺《ゆ》らがないんだよ！

私達はこれからの人生、この宝石みたいに価値のある煌《きら》めきを、ずっとずっと、心に宿して、生きていけるんだよ。

それってさ……それって……。

もう、ホント、嬉《うれ》しくて嬉しくて……涙《なみだ》が出ちゃいそうなほど、幸せな、ことだよ。

＊

微笑《ほほえ》む桜野くりむの瞳《ひとみ》から、彼女自身が無自覚のまま一筋だけ涙が流れ落ちる。

私にはね……そういうの、今まで全然、無かったから。
親友との楽しい記憶《きおく》とか、家族との素敵《すてき》な記憶は、あっても。

こんなにも楽しい学園生活の思い出は、持って、無かったから。
真儀瑠《まぎる》先生は、卒業生の私達を誇《ほこ》らしいって言ってくれたけど。
私達こそ。

この学園で過ごせたことこそが、私達の誇りです。

だから在校生の皆……それに、杉崎。

今日というこの日も、私達の中の誇らしい輝《かがや》きの一つに、しよう?
涙は、あってもいいけど。
悲しみも、あって、いいけど。

でもそれと一緒にさ。

皆の笑顔も、私達の心に、刻みつけさせてよ。

…………うん。ありがとう、杉崎。そう、そっちの顔の方が、杉崎「らしい」よ。

……長くなっちゃったけど、私からの答辞は、以上です。

最後に。

碧陽学園の、みんな。

…………。

最高に幸せな三年間を、本当に……本当にありがとうございましたっ！

以上！　きっとこの後何代にも亘《わた》って語《かた》り継《つ》がれるであろう伝説的生徒会長・桜野くりむ最後の挨拶《あいさつ》でした！

またねー！

＊

笑顔で手を振《ふ》って舞台《ぶたい》を降りる会長に。全校生徒もまた、満面の笑みと大歓声《だいかんせい》で応《こた》える。そこには、涙を流す生徒はいても、最早《もはや》暗い顔をする生徒は一人だっておらず。

長い、長い熱狂《ねっきょう》に包まれる会場で、司会の女生徒は目を真っ赤にしながらも、やはり笑顔で——ふざけず、真面目《まじめ》に、しっかりと、閉式の言葉を告げたのであった。

これにて——第五十二回私立碧陽学園高等学校卒業式を、閉式させて頂きます。

【最終話・終わる生徒会】

「世の中がつまらないんじゃないの！　貴方《あなた》がつまらない人間になったのよっ！」

会長がいつものように小さな胸を張ってなにかの本の受け売りを偉《えら》そうに語っていた。

それはいつか俺が珍《めずら》しく感銘《かんめい》を受けた名言の一つだったが、今は全く違う感想を抱《いだ》く。

「世の中はつまらないですよ、会長」

思わずそう言ってしまった俺を、会長がムッとした様子で睨《にら》んできた。

「なによ杉崎《すぎさき》っ、最後の最後で私に反論なんて――」

「だって……この生徒会で過ごした一年は、最高に、楽しすぎましたから」

『…………』

苦笑《くしょう》しながらのそんな俺の言葉に、会長は何も返せない様子だった。

生徒会役員全員が押《お》し黙《だま》る。いや、そもそも会長が名言を言い出すまでも沈黙《ちんもく》しかなかったから、元に戻《もど》った、と言うべきか。しかし、それもそのはず。

これが、最後の、生徒会なのだから。

卒業式の後に、ワガママを言って行わせて貰《もら》っている、最後の、生徒会。

『…………』

生徒会室を重苦しい沈黙が包む。……正直集まってすぐなんか皆しゃくりあげてしまっていたし、それが落ち着いてもずっと沈黙しかなかったため、会長の恒例《こうれい》名言でようやく空気が持ち直しそうだったのだが……俺が変に水を差してしまった。そういうつもりはなかったんだけどな……。しくった。

流石《さすが》に責任を感じて、今度は俺から声を上げる。

「え、えーと、それで、どうします会長！　今日の議題は！　ほら、いつものようにばんと大発表しちゃってトさ——」

「今日の議題に関しては……皆で決めようと思って、考えてない……」

「う」

しょんぼり告げてくる会長。ひきつる俺。……どうしたものか。俺が考えると言っても、全然思いつかねぇし。そもそも卒業式が終わってしまっている現状、生徒会で取《と》り扱《あつか》うべき学校関連の議題なんかあるはずもなく。そうなると……。

「こ、個人的なこと喋《しゃべ》ろうぜ、皆！」

「個人的なこと？　最後の生徒会なのに？」

会長が首を傾《かし》げてくる。皆もようやく顔を上げて俺の方を見る中、俺は後先考えずにとりあえずまくしたてた。

「今年の生徒会なんて、最初からそんな感じじゃないッスか！　ほら、小説版だって『駄《だ》弁《べ》る生徒会』から始まっているぐらいですし！」

「まあそうだけど……じゃあ個人的なことって、具体的になぁに？」

「う……それは……」

考えているわけがない。しかしここで詰《つ》まっては話が再び振り出しだ。

俺は高速で頭を回転させると、とりあえず、出て来た言葉をやけくそ気味に叫《さけ》んだ！

「何かやり遺《のこ》したことを——そうだ、生徒会メンバーでお互《たが》いにまだ言えてないことなんかを、伝え合ってみるとか！」

『え』

「え」

なんか全員の驚《おどろ》いたような反応に逆に俺が驚き、変な間が空《あ》く。……もしかしてこの議題はまずかったかと「あ、いや」と俺がすぐに撤回《てっかい》して他《ほか》の提案をしようとすると、それを遮《さえぎ》るようにメンバー達が一斉《いっせい》に喋り出した！

「そ、それはいいですね先輩《せんぱい》！　真冬《まふゆ》は賛成です！」

「いいわねキー君、それよ。それでいきましょう」

「そういうのを待ってたんだよ！　うっしゃ、やろうぜ、それで！」

「杉崎にしては、気の利《き》いたこと言うじゃない」

「え、え、え」

なんか凄《すげ》ぇ食いつかれてる。正直全く意味が分からないでオロオロしていると、そんな俺の反応お構いなしといった様子で、四人はぐいっと机に身を乗り出した！

『まず、杉崎（キー君・鍵《けん》・先輩）は私（真冬・あたし）と二人で——」

「へ？」

『…………』

　全員の言葉が俺の目の前で衝突《しょうとつ》し……直後、今までとは違《ちが》う意味での静寂《せいじゃく》と、どこかからバチバチッと火花が散るような音がする。

　成り行きがよく分からず……しかしなぜだか俺の額《ひたい》から汗《あせ》だけがダクダク流れる中、知《ち》弦《づる》さんがこほんと咳払《せきばら》いをして、いつものように会議をまとめようとする。

「まったく、仕方無いわね。じゃあとりあえず、私とキー君、アカちゃんと椎名《しいな》姉妹という組み合わせで、それぞれ別れの挨拶を済ませましょうか——」

「ちょ、ちょっと待って下さいです紅葉《あかば》先輩！　なんですか、その組分けは！」

「あらどうしたの、真冬ちゃん。特に他意は無いわよ？」

「嘘《うそ》だっ！　あたしたちを公平に仕切るフリして自分の都合いい展開に持ってこうとしてんだろ、知弦さん！」

「深夏《みなつ》まで何を言い出すのよ。これは自然な流れよ。ほら私、キー君には……その、あれよ。えーと、そう、執筆《しっぴつ》関連で、色々言っておかなきゃいけないことあるのよ。だから、そうね。とりあえず、一時間ぐらい二人きりにして貰えると——」

「な、なに言ってるの知弦!?　仕事の話なんてメールでもいいでしょ！　ここはまず、会長が副会長にしっかりと引き継ぎをするべく、私と杉崎二人で一時間ほど貰ってだね──」

「おいおいどさくさに紛《まぎ》れてなに言ってんだ会長さん！　会長さんが副会長に引き継ぐことなんてそれこそ無いだろ！　それにあたしも副会長だし！」

「み、深夏は転校するでしょ！　私と杉崎は、来年の碧陽《へきよう》のための話し合いをだね……」

「そういう言い方はいけないと思います会長さん！　転校する真冬達だって、碧陽愛は負けていませんです──！　あ、そうです、そういう意味じゃ、転校する真冬がきちんとこの学園を胸に刻みつけるため、今日はこれから先輩と真冬の二人だけで校内デートを──」

『却下《きゃっか》！』

……なんか、四人が俺を無視して勝手にヒートアップしてしまっている。さっきまでの沈黙が嘘みたいだ。っていうか、かつて生徒会でここまで白熱した議論を交わしたことがあったろうかという、そんな勢いだ。それ自体は最後の生徒会として喜ばしいことな気もしないではないんだが……。

　いかんせん、話についていけない。

えーと、なんだって？　なにを皆《みんな》盛り上がっているんだ？　皆のアドレナリン放出量が多すぎるのか、早口でまくしたて合う会話のテンポに一切ついていけてない。何かもめているらしいことは分かるのだが、その原因が全く分からない。

「あの～……」

「どう考えたって会長たる私にこそ権利が」「それは違うよ！（論破！）」「つまり――」

「…………」

いかん、ダンガン○ンパ並のハイスピード会議で流れが全く理解出来ない。どうにも収《しゅう》拾《しゅう》がつきそうにないため、話を一旦《いったん》元に戻すことにする。

「いやなんかメンバー同士で言いたいこと言うって件について妙《みょう》に白熱してますけど、そもそもは、この学園でやり遺したことをしようっていう話の中の、あくまで一提案にすぎないんで……」

『…………』

なんか全員に睨まれた。なぜにそんな不機嫌《ふきげん》であらせられますか、姫君《ひめぎみ》方。なんか俺がとても空気読めない子みたいじゃないか。この鈍感《どんかん》という言葉とは程遠いハーレム王に向かってなんという態度だ。心外にも程がある。

というわけで、俺は、空気を読みに読んで……この場にピタリと合った発言をしてやった。

「よし、メンバー同士で言いたいこと言うのなんかやめて、折角《せっかく》生徒会だけで校舎貸し切り状態なんだし、皆で校内探検でも行きましょうか！」

『…………』

「うわー」

四人からゴミでも見るかのような目で見られていた。思わず声をあげてしまった程だ。

しかし、一体何が気に食わないというんだ、こいつらは。

俺が理解に苦しんでいると、四人は示し合わせたかのように一斉に——しかしそれぞれ単体でぼそぼそと独り言を呟《つぶや》き始めた。

「単独行動にもちこみゃぁ……」

「逆にチャンスとも……」

「行動うまいこと誘導《ゆうどう》して……」

「結局最後には……」

「？」

メンバー達が各々《おのおの》、俯《うつむ》きがちに何かぶつぶつ言っている。かと思ったら、次の瞬間《しゅんかん》、今までの反応はなんだったのかというほどの笑顔で俺の方を向いてきた！

「よぉし、やろうぜ鍵、探検！」

「実にいい提案です先輩！　流石です！」

「え、え？」

姉妹が気持ち悪いほどの掌《てのひら》返しで俺に同意してくる。その上——

「ではキー君、皆《みんな》。一時間後、ここに再集合ということで！」

「じゃあ、散会！　わーい、色々してくるぞー！」

「ちょ、いや、え？　あの、そもそも俺が言ったのは皆一緒《いっしょ》にという提案で……」

という俺の言葉もまったく届かず、さっさと生徒会室を出て行くメンバー達。

「……えーと……」

そうして、誰《だれ》もいなくなった生徒会室で、しばし途方《とほう》に暮れた後。

「……行くか……」

そもそも自分が提案したことなのにまるで上がらないテンションを引き摺《ず》りながら、俺もまた、校内探検に乗り出したのであった。

とはいえ、別に今更《いまさら》見るものなんかそうそう無い。

「自分で言っておいてなんだけど、俺そういう繊細《せんさい》なセンチメンタリズムみたいなのほぼ無《ね》ぇんだよな……」

人に思い入れはあっても、物や場所に思い入れが強くはないというか。女子メンバー達は他の趣味《しゅみ》活動やらなんやらで色々やることはあるんだろうけど、俺の場合は……まあ生徒会室は別格として、それ以外は特に……。

「あー……一応、あるっちゃ、あるか」

ふと頭にある場所が浮《う》かんで、そちらに足を向ける。

二年B組。つまり俺の……俺達の一年過ごした、教室だ。

時間だけなら生徒会室以上に過ごした場所だし、卒業や転校はしなくても、三年になれば教室も新しくなるわけだし、来年にはこの教室も下級生に使われてしまうのだから、一応ここだけは見ておきたいと言えば、見ておきたかった。

＊

生徒会役員や一部教職員以外ほぼ下校してしまった静かな廊下《ろうか》を歩き、教室の前までやってくる。……戸を開ける時になんとなくの予感はあったが、いざ開けてみると、やはりそこには先客が居た。

「やっぱお前も来てたか、深夏」

声をかけると、彼女は自分の席だった机に手を置いたまま、こちらを振《ふ》り返《かえ》って微笑《ほほえ》んだ。

「鍵なら真っ先にここに来てくれると思ってたぜ。よっしゃ」

「？　来てくれる？　よっしゃ？……なんか俺を待《ま》ち伏《ぶ》せでもしてたみたいな——」

「な、なんでもねぇよ、なんでも！」

「？」

なんか不思議な反応をされた。よく分からないが、とりあえず俺も彼女の隣《となり》の自分の席——教室中央に行き、立ったままクラス全体をぼんやりと見渡《みわた》す。深夏もまた、しばし無言で一緒に教室を観察してくれた。

一通り見終わったところで、深夏が呟く。

「なんか、もう既《すで》に懐《なつ》かしいっつう、変な気分だぜ」

「確かに」

大掃除《おおそうじ》をした上に各生徒が私物を完全に持ち帰ったせいか、妙にこざっぱりしてしまった風景に二人、感慨《かんがい》に耽《ふけ》る。

そのまま、俺達はどちらからともなく自分達の席に座った。

しばし二人で黒板を見つめた後、深夏が椅子《いす》をこちらに向けてきた。なんだか促《うなが》されている気がして、俺も同じように深夏の方を向き、膝《ひざ》をつき合わせるカタチになる。

……至近距離《しきんきょり》でこうして見つめ合うのは正直かなり照れる。しかし、深夏の真剣《しんけん》な表情を見ていると、そんなことどうでもよくなってしまった。というか。

本当に大事なことを、今こそ、伝えるべきだと、思えて。

深夏の方も俺と似た心境なのだろう。少し頬《ほお》を赤くしながらも目にはしっかりとした意志を宿らせ、真剣に俺の目を見つめた後、俺が口を開くより先に、彼女の方がいきなりのド直球で来た。

「あたしは、鍵、お前のことが、好きだ」

「…………」

咄嗟《とっさ》には何も返せない。返せないが、目は逸《そ》らさなかった。照れとか戸惑《とまど》いなんかで逃《に》げる気は毛頭無い。俺は三秒ほどたっぷりと彼女と見つめ合った後、淀《よど》みなくそれに応じる。

「俺も、深夏のことが好きだ」

「…………」

「…………」

お互《たが》いに偽《いつわ》らざる気持ちを伝えあう。普通《ふつう》だったらここからキスシーンにでも移行してハッピーエンドなんだろうが……俺達の場合、そうはならなかった。

深夏は一度大きく深呼吸をすると、もう一度瞳《ひとみ》に強い意志を……いっそさっきの告白以上の強い思いを滾《たぎ》らせて、口を開く。

「あたしと付き合って欲しい。――いや、あたしだけと、付き合って欲しい」

「…………」

俺の笑顔《えがお》でも悲しみでもないそのままの表情をどう受け取ったのか、深夏はなぜか一言「わりぃな」と苦笑《くしょう》気味に謝ると、そのまま軽い調子で続けてきた。

「こればっかりは、会長さんや知弦さんは勿論《もちろん》……愛する真冬にだって、譲《ゆず》る気は無ぇんだわ。お前の事好きになった当初はもうちょっとうまくやれるかなーっと思ってたんだけどさ。あー……駄目《だめ》だった。まいった。あたし、お前のことホントに好きみてぇだわ」

「……そか。サンキュ。すげぇ嬉《うれ》しいよ」

それは本音《ほんね》だった。深夏も笑ってくれたが……でも彼女の欲しい答えはそんな言葉じゃないことは、俺だって承知している。

だから。

俺は、俺の答えを――飛鳥《あすか》や枯野《かれの》さんに後押しされた答えを、告げた。

「お前の事が本当に。心から好きだ。だけど、深夏だけを愛するっていう約束は、俺には出来そうもない」

瞬間、頬に熱を感じた。一瞬《いっしゅん》「殴《なぐ》られた」と思ったが、気付けばいつもみたいに派手に吹《ふ》っ飛《と》んだりしていない。ヒリヒリする頬を押さえながら正面を……深夏の開いた手を見て、ようやく自分が平手打ちされたことを悟《さと》った。

深夏が、俺の顔を覗《のぞ》き込むようにする。

「痛ぇだろ？」

ニヤリとそう告げた彼女の言葉で、ようやく、自分が泣きそうになっていることに気付いた。慌《あわ》てて顔を伏《ふ》せ、ぐっと涙《なみだ》を堪《こら》えながら……俺は、答える。

「ああ……やべぇよ、これ。今までで、一番……痛ぇ。痛ぇよ……」

俺の震《ふる》える声に、しかし、深夏の方はあくまで淡々《たんたん》とした様子で続けてきた。

「その痛みは、これからのあたしと、そしてお前に、ずっとつきまとうぜ」

「……ああ……そうか……」

こんな……こんなのが、ずっと。俺自身は勿論、愛する人達にまで。ずっと。ずっと。

俯き続ける俺に、深夏はもう一度、訊《たず》ねてくる。

「それでもお前は、まだ皆《みんな》と一緒に居たいとか、言い続ける気か？」

その、問いに。

俺は……俺は、涙を堪えて、すっと前を向き……痛む頬から手を離《はな》し、少しだけ滲《にじ》む視界でそれでも深夏の目をしっかりと見据《みす》えて——告げた。

「ああ、こんな痛み、皆と一緒に居られる幸福に比べたら、屁《へ》みたいなもんだからな！」

「……はっ、そりゃそうだよな」

深夏は俺の答えを聞いて、爽《さわ》やかな笑みを浮かべた。正直もう一回叩《たた》かれるぐらいの覚《かく》悟《ご》はしていたし、そうされて当然の答えだと思っていたため、彼女の意外な反応にきょとんとしてしまう。

深夏はそれに気付くと、「まあな」と照《て》れ臭《くさ》そうに続けてきた。

「そういう答えが返ってくることは、分かってたんだ」

「分かって……た？」

俺自身、飛鳥と喋《しゃべ》ってようやく言葉に出来るようになったぐらいの結論を？　ぽかーんとする俺に、深夏が続ける。

「だって、あたしが好きになった鍵って、そういうヤツだからさ」

「そういうヤツって……」

「エロでバカで欲深《よくぶか》くて、優柔不断《ゆうじゅうふだん》をこじらせにこじらせた末に突《つ》き抜《ぬ》けたアホ」

「う……」

その通りなんだけど。そういう言い方されるとなんか肩身《かたみ》が狭《せま》い。俺が縮こまる中、深夏は両手を頭の後ろに回し、「へへっ」と笑う。

「でもあたしは最初からそういうヤツを好きになったんだ。好きだって、口にしてんだ。その時からずっと、あたしにだって、覚悟ぐらいあるさ」

「深夏……お前……」

「別にお前だけが一方的に恋愛《れんあい》の重荷を背負わなきゃいけない道理はねぇだろ?」

「……っ」

あまりに男前な彼女の態度に、言葉を失ってしまう俺。

それを見て深夏が照れたように鼻の頭を掻《か》く。

「だからその……さ。お互い、これから先痛いこと沢山《たくさん》あるだろうけどさ。それでもあたし……やっぱお前に……お前と、恋《こい》していたい。……いい、かな?」

「ああ! んなの、当然——当然………深夏……深夏ぅ。……うっ、うぅ」

「お、おい、なんで泣いてんだよ! 泣くなよ、おい」

「う、うるせぇ! いいんだよ、これは。う、うれし泣きは、いいの!」

「知らねぇよお前の独自ルールとか! あー、もう……。……ったく」

「え？」

再び、頬に不思議な熱。しかしそれは先程のような痛烈《つうれつ》なそれではなく、柔《やわ》らかな温かさと、そして湿《しめ》り気《け》……というか、ぬるりとした感触《かんしょく》の何かで――って、

「み、深夏？」

「――ぅ」

気付くと、深夏の顔がすぐ傍《そば》にあった。一瞬間近で見つめ合い、直後に深夏がこちらにまで熱が伝わって来るほど顔を熱くして、そっぽを向く。

あまりの出来事にぽーっとしながら自分の頬に触《ふ》れ。そこに涙は無いものの……別の湿り気を感じた俺は、思わず、気付いたことをそのまま口にしてしまった。

「えと……もしかして俺の涙、舐《な》めてくれた？」

「っ〜〜！　〜〜！」

深夏が椅子ごとあちらに体を向け、恥《は》ずかしさのあまりか自分の体をかき抱《いだ》くようにしながらぷるぷる震えている。相当恥ずかしいらしい。……正直俺も顔が徐々《じょじょ》に赤くなってきてしまっているが、珍《めずら》しい彼女の様子を見ているとそれ以上に妙《みょう》な嗜虐心《しぎゃくしん》が湧《わ》いてきて、

つい、いらんことを言ってしまう。

「そういやさ。俺の答え分かってたんなら……どうしてわざわざ、自分とだけ付き合って欲しい発言とか、したんだ？　既に覚悟してたっつうんなら、あれを言う必要は……」

「っ！　そ、それは……その……だって……」

「……もしかして深夏、お前、ダメもとでもとりあえず独占《どくせん》を狙《ねら》ってみて——」

「わー、わー、わー」

「お前、もしかして恋愛に関しては意外と『ＴＨＥ・女の子』だったりするのか——」

「——！　うらぁあああああああああああ！」

「え」

気付いたら世界が回転していた。直後、背中に酷《ひど》い衝撃《しょうげき》。そして反転した世界。……どうやら、教室の壁《かべ》に思いっきり投げつけられたらしかった。重力でべろりと壁から離れてそのまま床《ゆか》に伏したところで、焦《あせ》ったままの深夏が告げる。

「あ、あたしはお前と違《ちが》って運動部の部室の方とかも見たいんだ！」

何を言っているのか一瞬分からなかったが、真っ赤な顔のまま教室から出て行こうとしているのを見ると、どうやら恥ずかしさに耐《た》えかねて逃げるつもりらしい。

「お、おい——」

思わず声をかけるも、引き止める言葉が咄嗟に思いつかず、しかし何か言わなければと瞬時に考えた結果、なんだか流れにそぐわない台詞《せりふ》が口をついて出てしまった。

「お、お前が泣いた時は、その涙、必ず俺が舐めてやるからな！」

「――っ！　な、な……。……バ、バッキャロォオオオオオオオオオオオオ！」

「!?」

深夏が顔を真っ赤にしてとんでもない音量で叫《さけ》んだと思ったら、次の瞬間には再び俺の体は壁に叩きつけられていた。……そ、ソニックブーム!?

逃げるように激しくドアを開閉して出ていく深夏を、壁から落ちながら見守る。俺は痛む腰《こし》をさすりながらよろよろと立ち上がって自分の席に向かうと、げんなりしつつ一人呟《つぶや》いた。

「確かにこれは……痛みを伴《ともな》う恋愛すぎるぜ……」

本当に問題なのは、精神的なことより、やっぱり肉体的なダメージの方かもしれないと考え直す今日この頃《ごろ》だ。

＊

「いってて……」

痛む腰をさすりながら、校内を歩く。出血や大怪我《おおけが》こそしてないが、流石《さすが》に背中が痛む。深夏の普段《ふだん》の暴力は「痛いけど怪我させない」という妙に悪質なテクニックに裏打ちされた攻撃《こうげき》だが、激情からの偶発《ぐうはつ》的衝撃波《しょうげきは》ともなると話は別だったようだ。激痛でこそないが、背中全体がじんわりと熱を持ちだしてしまっている。

「……冷やしたい……」

とは言っても、場所が背中全体である以上蛇口《じゃぐち》から水をぶっかけるわけにもいかない。仕方無いので、応急的に外に出ることにした。屋上なら、風もあるしいい塩梅《あんばい》に体が冷えてくれるだろ——

「あ、先輩《せんぱい》！」

「え、真冬ちゃん？」

屋上に出るドアを開けると同時に声をかけられた。声の方を見ると、そこには夕焼けに照らされた真冬ちゃんの姿が。

「珍しいね、こんなところに」

屋外と真冬ちゃん、という組み合わせがミスマッチすぎたのでキョトンとしていると、真冬ちゃんはなぜか胸を張って答えてきた。

「はい、照れたお姉ちゃんに手加減なしで攻撃されてしまった体を冷やすためには、必ずここに来るであろうと思っていました！」

「策士⁉　っていうかなんで真冬ちゃんまで俺を待《ま》ち伏《ぶ》せ⁉」

「あ、いえ、なんでもないです、なんでも。それより、こっちにおいでませです、先輩」

「う、うん。なんかその手招きと笑顔《えがお》は妙に怖《こわ》いけど……じゃあ……」

彼女の佇《たたず》む、奥のフェンス前まで行く。俺が隣《となり》に来たのを見守って、真冬ちゃんは改めて微笑《ほほえ》んで俺を見つめてきた。

「今更《いまさら》ですけど、卒業式の挨拶《あいさつ》お疲《つか》れ様《さま》でした、先輩」

「うん、ありがとう。真冬ちゃんもね」

「そうです！　真冬まで挨拶させられるとは、思っていませんでしたです！　うむー、にっくきは新聞部の部長さんです！　最大HP《ヒットポイント》が一割減っちゃえばいいんです！」

「なにその地味に陰湿《いんしつ》な呪《のろ》い！　やめてあげなよ！」

「仕方ありませんね。魔法《まほう》攻撃力下げるだけにとどめてあげます」

「う、うん、まあ、それならいいかな、多分一生魔法使う機会無いだろうし……」

でもリリシアさんならそのうち怪《あや》しげな魔法身につけてもおかしくない気はする。まあ、そういった意味では後の人類のために魔法攻撃力下げておいて正解かもしれないが。

俺は背中から少し熱が引いてきたのを感じつつ、ふぅと息を吐《は》き出しながら続ける。

「しかし、それにしてもさっきの会議。なんで俺が空気読めない子扱《あつか》いだったんだろうなぁ。未《いま》だに納得《なっとく》いかん」

「……先輩、それ、本気で言ってます？」

なんかまた信じられないもの見る目で言われた。……そう言われても……。

「……本気、だけど……」

ぼそぼそっと答えると、真冬ちゃんはこれみよがしに溜息《ためいき》をついた。

「……先輩はホント、恋愛に関してはダメダメさんですね」

「まさか真冬ちゃんにそんなこと言われる日が来るとは」

「あ、それもそうですね」

目を見合わせて、思わず二人で笑い合う。そして、最初出逢《であ》った時はこんな風になんの壁もなく話せる日が来るとも、思ってなかったよなぁと感慨《かんがい》に耽《ふけ》る。どうやら、真冬ちゃんも同じことを考えていたようだ。俺に背を向け、フェンスから校庭の方を眺《なが》めつつ呟く。

「真冬は、この一年で沢山変わりました」

「そうだね」

言いながら、俺も真冬ちゃんの隣に並ぶ。すると、彼女は「見て下さい」と校庭の方へ視線を促《うなが》した。

「卒業式終わって、生徒会役員みたいな一部生徒以外は下校を促されましたけど、でも、ほら、皆《みな》さんまだ校庭に」

「ああ。ったく、毎年校内にいつまでもたむろするから、今年は早めに下校させて、その代わり生徒会主催《しゆさい》の二次会まで設定してんのに……結局帰らねぇんだもんなぁ、皆《みんな》」

校舎内こそ静かだが、こうして屋上には風に乗って生徒達の喧噪《けんそう》が届く。

俺が呆《あき》れた様子で眺めるのに反し、真冬ちゃんは至って穏《おだ》やかな表情だった。

しばらく二人で校庭の生徒達を見つめていると、真冬ちゃんがぽつりと漏《も》らす。

「挨拶の時も言いましたけど。真冬、この学校が大好きです。皆さんと離《はな》れたくないです」

「……そうだね」

「でもそれ以上に」

そう言って、真冬ちゃんは俺を見つめる。……そこに居たのは、一年前のおどおどした彼女じゃない。立派な、凜《りん》とした一人の女性だった。

「真冬は、先輩《せんぱい》と離れたくないです」

「真冬ちゃん……」

笑い泣き、みたいな顔をしてしまう。意図してのことじゃない。離れたくないと言ってくれたのが嬉《うれ》しくて、自分も同じ気持ちだと言いたくて、でも別れは絶対で、彼女を見送る決意だって出来ていて、だからその本音《ほんね》を言われるのが悲しくも、あり。……つまりは、どういう顔をしていいのか分からなかったのだ。

それを察してくれたのか、真冬ちゃんがにこっと微笑みかけてくれる。

「そんな顔しないで下さい先輩。別に、真冬を攫《さら》って下さいって言っているわけじゃないです。……攫ってくれてもいいですけど」

「へ？」

「な、なんでもないです。こほん。えとその……」

真冬ちゃんは少し言葉を詰《つ》まらせた後、数秒頭の中で言葉を整理してから、切り出してきた。

「先輩は、好きな人に優劣《ゆうれつ》をつけるのがイヤだとおっしゃいます。元々お優《やさ》しい人だったところに加えて、中学時代の経験があって、今の、そういう先輩になられたんだって……そういうのも、分かってます。そしてそんな先輩は、凄《すご》くカッコイイです。男性恐怖症《きょうふしょう》だった真冬が、心の底から愛してしまうぐらいに」

「真冬ちゃん……ありが――」

「でも真冬の考え方は、違います。真冬の一番は、先輩です。他《ほか》の人と優劣、つけます」

「…………」

俺の目をしっかり見てそう宣言する真冬ちゃんは……なんだかもう、後輩とは言えない風格で。ふと、深夏はこんな気持ちだったんだろうなと思った。自分が先導すべきだと思っていた存在が、いつの間にか隣を走っている。そんな感覚。

少なくとも、俺の目をしっかり見て俺を否定した真冬ちゃんは、もう、守るべき存在――というだけの人間じゃ、とてもなくて。

物凄くカッコイイ、一人の、女性で。

「真冬はお姉ちゃんが大好きです。生徒会の皆さんも大好きですし、この学園の皆さんも本当に大好きです。それは、誓《ちか》って嘘《うそ》じゃないです」

「うん、分かってるよ」

「でも、一番は先輩です。お姉ちゃんと先輩どちらか一人しか助けられない、なんて状態になったら、真冬は最後には先輩の手をとると、そう思います」

「…………」

「……すいません。引きますですよね、こんな重い気持ち……」

「いや……」

首を横に振《ふ》る。それは本当だった。嬉しい気持ちや、身が引《ひ》き締《し》まる思いはあれど、気《き》後《おく》れはしていない。そして……。

「ただ俺は、それを聞いても、一番を決められない、決めない、俺を貫《つらぬ》くけどね」

俺のその突《つ》き放《はな》すような言葉に。しかし真冬ちゃんは、嬉しそうに微笑んだ。

「はい、それでいいと思います。真冬と先輩は違《ちが》います。なにより、変に聞こえるかもしれませんが、真冬はそういう先輩が、好きなんです」

「……ごめんね」

「謝ることじゃないです。ただ真冬は、先輩にこの気持ちを伝えたかっただけなんです。他の方みたいに、真冬、うまいスキンシップとか出来ないですから……。でも、伝えたく

て。真冬が、どんなに先輩を好きかっていう……この気持ち。……伝わったでしょうか?」

自信なさげに……小動物のように俺を上目遣《うわめづか》いで見る彼女に、ああ、やっぱりこの子は俺の知っている真冬ちゃんでもあるんだなぁと変な安堵《あんど》を感じつつ、彼女の頭にぽんと手を置いて微笑む。

「ああ、すっごく伝わったよ、真冬ちゃんの気持ち。ありがとうね」

「……うー……なんか子供扱いです……ちょっと期待してたのと違いますです……」

「胸でも揉《も》もうか?」

「それしてたら、真冬は初恋《はつこい》の人を転落死させてたと思います」

思わずフェンスをガシャンと強く摑《つか》んでしまった。顔に汗《あせ》をかきながら訊《たず》ねる。

「……真冬ちゃん、俺が一番大事、なんだよね?」

「あ、ちょっと訂正《ていせい》しますです」

「え」

「真冬は、真冬自身が一番大事です! ゲームやBLを全力で楽しむためにも!」

「俺の大事さが趣味《しゅみ》に負けてたぁあああああああ!?」

「もし沈没《ちんぼつ》する船に、生徒会含《ふく》むこの学園の皆さんと、真冬の私物が乗っていましたら、真冬は迷わず皆さんより先に蔵書とゲーム機を救命ボートに積みますですよ！」

「最低すぎる！　この女、悪い意味でも大きく変わってやがった！」

一年前までは天使のような優しさを持った気弱な子だったのに！　今や悪魔《あくま》のような利己的判断をする生粋《きっすい》のオタク女子になっていようとは！

「先輩《せんぱい》、こんな真冬をこれからも愛して下さいね」

「ごめんっ、やっぱなんか俺自信無いわ！」

「大丈夫《だいじょうぶ》です、真冬と先輩は違いますから。真冬の一番は常に趣味でも、先輩は真冬を最優先してくれて、構わないですよ」

「なにこのハーレム思想の俺の方がむしろ損している感！」

俺が頭を抱《かか》えていると、真冬ちゃんはクスクスと笑い、ひとしきり笑った後……ぽつりと、落ち着いた様子で、呟《つぶや》いた。

「だから先輩。先輩だけがこの恋《こい》に、必要以上の罪悪感を抱《いだ》く必要なんて、ないんですよ」

「…………」

そんな、不意の言葉に。俺は……心底、まいってしまった。

この、後輩に。

この、女性に。

「……ずりぃよ……カッコつけすぎなんだよ……真冬ちゃん」

「誰《だれ》かさんの影響《えいきょう》だと思いますです」

「…………」

その後。

俺と真冬ちゃんは、ただ黙《だま》ってフェンス越《ご》しの夕焼けを見つめ。

しばらく無言のまま過ごすうち、どちらからともなく顔を近づけると——

ちょんっ、と唇《くちびる》を触《ふ》れさせ合った。

…………。

真冬ちゃんが、恥《は》ずかしそうに顔を逸《そ》らして、フェンスの方を向いてしまう。

流石《さすが》の俺もここは空気を読んで、そのまま、無言で颯爽《さっそう》と屋上を去った。

実に格好良く。実にキマッた感じで。

…………。

とりあえず——。

まあ、階段を十段飛ばしで駆《か》け下りて校内を三周ほど全力で走り回ったよね、うん。

後で聞いた話だと、その間、校庭の生徒達は屋上から聞こえてくるガシャンガシャンというやたらとフェンスを叩《たた》きまくる音に一同騒然《そうぜん》としていたとか。

…………。

俺達の恋は、まだまだ始まったばかりもいいところだった。

「うん、そりゃ、背中も悪化するわな」

いくら屋上で多少冷やしたからって、直後に大興奮しながら校内三周全力で走ったらそりゃぶりかえしますわな。むしろ更《さら》に何度か壁《かべ》にぶつかったせいで前より一層痛んでいるといった始末。

そんなわけで、思い出の場所めぐりという目的はどこへやら、俺はとぼとぼと保健室に向かっていた。

*

「……なにしてんだ、俺……」

卒業式の後にわざわざ学校残ってまですることだろうか、これが。情けない。なんて情けない。決して軟《やわ》らかくはない関節を最大限稼働《かどう》してどうにか腕《うで》を背後に回し、歪《いびつ》な格好で一生懸命《いっしょうけんめい》背中をさすりつつ歩く男子高校生の、なんと侘《わ》びしいこと。

涙目《なみだめ》で、体どころか精神までボロボロになりつつ、一路保健室へ。

そうして入った、保健室には——

「────」

──保健室には、名画のような光景があった。

夕焼けに照らされる室内で、一人、開いた窓の外を物憂《ものう》げに眺《なが》める美しい黒髪《くろかみ》の女性。

背中の痛みなんかすっかり忘れてその光景に見とれ、しばらくぽけーっと突っ立ってしまっていると、気配に気付いたのか女性がふっと振り返る。

知弦さんだ。

紅葉知弦。

そんなこと最初から分かっていたはずなのに……変な感想を抱いてしまう。

「なんか……『はじめまして』って、挨拶《あいさつ》したくなっちゃいました」

「あら偶然《ぐうぜん》ね。私もよ」

くすっと笑う知弦さんに安心して、俺は保健室の戸を閉めて入室した。

「うん、ほぼ予定時間通りね。本当に素直《すなお》で行動予測が立てやすい子なんだから……」

「はい？　なんですか？　予定がなんですって？」

ケータイの時計表示と俺を代わる代わる見る知弦さんに訊ねると、彼女はクスクスと笑って答えてきた。

「なんでもないわ。ただ今から約十五分後にはこの保健室、業者による医薬品補充《ほじゅう》があるらしいから、アラームかけておかないとなって。それだけ」

言いながらピッピとアラーム設定をする知弦さん。俺はなんとなく背中を治療《ちりょう》する気分でもなくなり……というか、保健室に知弦さんという情景を見て、胸の中が他の想《おも》いで一《いっ》杯《ぱい》になってしまい、ぼーっとしてしまいながらも、彼女の腰掛《こしか》けるベッドの傍《かたわ》らへと寄る。

そうして、知弦さんと一緒《いっしょ》に窓の外の……校舎裏の芝生《しばふ》の景色を眺める。開け放した窓から入る気持ちの良い風に、彼女の長い髪がなびいた。

「……最初に出逢《であ》ったのも、ここでしたね」

「そうね」

だからこそ、知弦さんはここに居てくれたんだろうなとは思いつつも、つい言葉にしてしまう。それはたった一年半前の出来事で、もう遥《はる》か昔のことに思える一方で、同時に、つい昨日のことのように鮮明《せんめい》でもあった。

「二人の女の子、どちらも大事なのに、どちらも愛しているのに、だからこそ、結果として、どちらも幸せにしてやれなかったんです……だったかしら」

一年半前の俺のセリフを知弦さんがなぞる。普段《ふだん》なら吐《は》くはずのない弱音《よわね》なのだけれど、あの時は貧血だったことに加えて、この保健室が、優《やさ》しい風が、知弦さんの存在が、全《すべ》てを夢のように包みこんでくれていて。

「初めて会った先輩に何言ってんでしょうね、俺。あー、もう、恥ずかしい」

思い出して赤面してしまう俺を、知弦さんは笑いながら「そんなことないわよ」とフォローしてくれた。

「あの時のキー君は、最高に可愛《かわい》かったわ」

訂正。フォローじゃなくて追い打ちだった。思わず知弦さんの隣《となり》に腰掛けて、頭を抱え込んでしまう。

「うー……」

「ごめんごめん、キー君。でも本当に私は、あの時の貴方《あなた》に、好感を持ちこそしても、恥ずかしい人だなんて少しも思わなかったわよ」

「……本当に？」

「……ごめんなさい、ちょっとだけ『高校生にもなって……』とは思ったかも」

「うわーん！」

「だってテ○スの王子様の手塚《てづか》部長が中学生にしてあの風格だということ考えると……」

「どこと比較《ひかく》してるんですかっ、どこと！」

「うそうそ、冗談《じょうだん》よ。本当に、あの時私の心にあった感情なんて、一つしかないわ」

「うぅ……なんですか？」

「『まいったなぁ、私この子のこと、好きになるかも』よ」


「へ？」

「…………」

俺が顔を上げると同時に、今度は逆に知弦さんがぷいっと顔を逸らしてしまった。

俺から視線を逸らしたまま、知弦さんが続ける。

「私もね、中学時代に、友達関係を失敗したわ。……ううん、失敗したと、思い込んでいたわ」

「……ええ」

姿勢を正し、しっかりと彼女の話を聞く。あの時は俺のことばかりで、彼女の話を聞いてあげることが出来なかった分を、今少しでも返せるのならと願いつつ。

「キー君と同じ。相手のこと想っているのに……想い合っているのに、傷付け合うことしか出来ない。少なくともその気持ちだけ見れば悪いところなんかどちらにも無いのに、最後は悲しい結末を迎《むか》えるしか、なくて」

「………………」

そこで、知弦さんはこちらを振《ふ》り返り、今度は悲しそうに微笑《ほほえ》む。

「プラスとプラスを持ち寄った結果マイナスになるなんて、理不尽《りふじん》よね」

「知弦さん……」

「でもその理不尽は、現実で。私は心を閉じていたわ。……アカちゃんと出逢うまで」

「会長……」

少しだけ、聞いたことがある。会長と出逢った時の知弦さんの話。今と違《ちが》い、会長の方から知弦さんに積極的に近付いて、紆余曲折《うよきょくせつ》はあったにせよ、結果として知弦さんは新しい友達関係を受け入れた。

「あの頃《ころ》の彼女は、ある意味においてマイナスで。でもだからこそ、同じくマイナスだった私と一緒にいたら、結果、二人ともプラスになっちゃった」

「良かったですね」

「ええ、とっても。……だけどね、今が楽しければ楽しいほど、時折悲しい過去を思い出すと、余計に傷ついてしまう。それが、キー君と出逢った頃の、私」

「……分かります」

この学校に入って、最初のころはふて腐《くさ》れていた俺が、徐々《じょじょ》に前向きになって。沢山《たくさん》仲間が出来て、日々も充実《じゅうじつ》してくるに比例して、今度は「飛鳥や林檎《りんご》をさしおいてなにしてんだ、俺」という気持ちも、湧《わ》いてきて。

勿論《もちろん》彼女達に相応《ふさわ》しい人間に成長するために頑張《がんば》っているのだから、妙《みょう》な葛藤《かっとう》だとは分かっていたのだけれど。その時点で会いに行っても、なんにもしてやれないって、承知していたのだけれど。それでも、後悔《こうかい》や罪悪感という名の傷はじくじくと痛くて。

「キー君の話を聞いた時にね、思ったの。私と同じだって」

「……ええ」

「だけど、それだけじゃなくてね。こうも思ったの」

「なんですか？」

そこから先は聞いたことがなかったので、思わず訊《たず》ね返す。

知弦さんは、あの時と同じ慈愛《じあい》に満ちた微笑みで、その気持ちを言ってくれた。

「『そんな傷を抱《かか》えた上で努力している今のこの子は、なんてカッコイイのかしら』って」

「――――」

……なんて。なんて言っていいのか、分からなかった。嬉《うれ》しいとか、ありがたいとか、そんな感情じゃない。

ただ、ただ、ただ。

報《むく》われた、と思った。

今日何度目か分からない涙が一筋、頬《ほお》を伝う。それを優しく親指で拭《ぬぐ》ってくれつつ、知弦さんが続けた。

「だからね、私もそうなのかなって、その時少しだけ思えたの。確かに過去はどうにもならないけれど。その過去を踏《ふ》まえた上での、今の私は、この子から見て……少しだけ、魅《み》力《りょく》的な女になれているのかも、って」

「当然です！」

思わず大声で叫《さけ》んでしまう！　俺は涙を拭ってくれた彼女の右手をぎゅうと両手で握《にぎ》りこむと、猛然《もうぜん》と続けた。

「今の知弦さんはとんでもなく魅力的です！　いやあの頃の時点で、既《すで》に知弦さんは一分魅力的でした！　綺麗《きれい》で、優しくて、温かくて！　もうこの世の中にこれ以上完璧《かんぺき》な女性なんかいやしないってぐらいです！」

「キー君それは言い過ぎ――」

「言い過ぎじゃないです！　俺の中じゃ絶対の真実です！　そして美少女マニアの俺が言うんだから、知弦さんは胸を張っていいんです！　ね！」

「……うん」

知弦さんはそう頷《うなず》くと、不意に、顔を伏《ふ》せた。……泣いているようだったけど、それを確認することはしなかった。

手を握ったまま、数分が経《た》ち。次に知弦さんが顔を上げた時には、そこに泣いた形跡《けいせき》なんか全然なくて。……本当にカッコイイ女性だなと思った。

「あの時ね……その……」

「？　なんですか？」

――と思ったら、なぜだか急にどもり出す知弦さん。彼女は頬を赤くしながら続ける。

「き、傷ついたキー君を抱《だ》きしめているうちにね。最初は、同志を、可哀想《かわいそう》な子を、ただただ癒《いや》してあげたいっていう、アカちゃんに普段《ふだん》抱《いだ》くのと同じ気持ちで、抱きしめたはずだったのね」

「はい」

「だ、だけどね、あのね、ずっとそうしているうちにね、そのね」

「……はい？」

「なんか……その……胸のドキドキが、と、止まらなく、なってきちゃって」

「…………」

呆然《ぼうぜん》としている俺の表情に何を思ったのか、知弦さんは「ち、違うの！」と慌《あわ》てて何か否定したと思ったら、今度は「あ、ち、違わなくて」とそれを更《さら》に否定したりして、わけわからない状態になっていた。

「だから、あの、最初は、男の子と密着していて緊張《きんちょう》しているだけだって、思ったんだけど。その……えと……普段のクールというか基本冷たい自分を考えると、全く意識していない人には何をされてもとことん何も思わないなと気付いたりして、じゃあなんで今はこんな風なのよー！　ってぐるぐるして、そんなことしているうちに、その……」

「…………」

「私は……この子のこと、好きになりかけてしまっているんじゃって、気付いちゃって」

「…………」

知弦さんは顔をカァーッと赤くする。そうして俺に握られたままだった手に今更《いまさら》気付いたという様子でバッとふりほどくと、スカートの上でぎゅうっと握りこんだ。

……なんだこれ。物凄《ものすご》く可愛いんだがっ！

「で、で、出逢《であ》って少ししか経ってないのにそういうこと思うってどうなのよ私っ、とか、でもこの子凄くいい子よね、とかっ、いい子だからってすぐ好きになるのか私はとかっ、なんかもう色々ぐるぐるしちゃってて……。……さっきも言ったけど、だから、キー君の心情吐露《とろ》カッコ悪いとかなんて思ったことないというか、そういうレベルの話じゃないというか……ええと……」

完全にテンパり気味の知弦さん。俺はそんな彼女に優しく微笑みかけると、改めて、その手をとった。彼女がまたふりほどいてしまう前に、ぎゅっと握手《あくしゅ》するように手を握って、告げる。

「ありがとうございます、知弦さん。貴女《あなた》のおかげで、俺は今、凄く幸せです」

「…………」

驚《おどろ》いたような表情をする知弦さん。そのまま無言の時間が十秒ほど過ぎて。彼女は頰の赤みを引かせて、落ち着いた様子で……いつもの、俺が大好きな知弦さんで、訊ねてきた。

「もう傷は、塞《ふさ》がったかしら？」

その、いつだったか俺がしたのと似た問いに。

俺は、あの時の知弦さんと同じように、はぐらかすような答えを告げる。

「そっちこそ、どうなんですか？」

「さあ、どうかしらね」

「俺も、どうでしょうかね」

それは、本当はお互《たが》いはぐらかしているのではなくて。

もう、知っているだけだ。

その傷があったからこそ、今の俺達は、こんなにも幸せになれたんだって。

知弦さんの顔が近付いてくる。自分から行くべきだったなぁと思いながらも目を瞑《つぶ》ってしまっていると、唇《くちびる》に柔《やわ》らかい感触《かんしょく》が――強く、押し付けられた。

「――?」

幸せだなぁと思うと同時に「あれ？　勢い強すぎない？」という感想も抱《いだ》く。と思ったら、その勢いは止まらず、肩《かた》をぐいっと押されたかと思ったら、そのまま背後に――ベッドに、押《お》し倒《たお》されてしまった。

「へ？」

ことここに至ってようやく目を見開き、何事かと状況《じょうきょう》を確認すると、いつの間にか知弦さんが俺に馬乗りになっていた。

知弦さんが、俺とのキスの味を確認するかのように、べろりと自分の唇を舐《な》める。……エロい！　なにその妖艶《ようえん》な雰囲気《ふんいき》！　嬉しいけど！　嬉しすぎるけど！　ただささっきまでの初々《ういうい》しい感じは一体どこに!?

俺があまりの速い展開に戸惑《とまど》っていると、さっきとは違った意味で頬を紅潮させた知弦さんが、熱い息を漏《も》らしながら、俺の胸につっと指を這《は》わせつつ告げてくる。

「キー君……私、ずっと決めてたの」

「な……何をですか？」

俺の問いに、知弦さんは一瞬《いっしゅん》頬《ほお》を更に赤らめ。そして、熱を帯びた視線と共に、その決定的な言葉を告げてきた。

「初めては、絶対にここ、って」


「……え」

は、初めてって？　なんの初めてですか？　ここって……保健室ッスよね？　保健室といえば、俺と知弦さんの超《ちょう》思い出の場所ッスよね。そこで、初めてと決める。……うん。……………うん？　うん⁉

俺がパニックを起こしているうちに、知弦さんがシュルッと胸元の細いリボンを解《ほど》く。そうして、とろんとした表情で俺にもたれかかりながら、耳に熱い息をかけつつ呟《つぶや》く。

「ごめんねキー君……ずっとそのこと考えてたから、もう、体が、熱くて――」

「ええ⁉　ちょ、え……。……ええ⁉　今⁉　今っスか⁉」

「いいわよね、キー君。……私の初めてあげるから……キー君の初めても、ちょうだい。碧陽学園での最後の思い出として、最高の思い出を……ね」

「ちょ、いや、あの、え、知弦さ――」

知弦さんが再び熱く湿《しめ》った唇を俺のそれに重ねようとした、まさにその時――

《ピピピピピ……！》

アラームが、室内に響《ひび》き渡《わた》った。そりゃそうだ。もう十五分だ。っていうかあんだけ喋《しゃべ》って、ここからその……ことに及《およ》んで十五分以内というのは最初から無理な話だろう。

俺は残念なのと安心したのと半々の気持ちを抱《かか》えつつ、知弦さんに告げる。

「あの、知弦さん、アラーム――」

「………。……ちゅー」

「待て待て待て待て待て待て待て待て待て待て待て待て待て待て待て待て待て！」

知弦さんが問答無用で唇をタコみたいにして近づけて来たので、ガッと額《ひたい》を押して止める！

「なんで普《ふ》通《つう》に継《けい》続《ぞく》しようとしているんスか貴女！」

「むしろ私は訊《き》きたいわ。なぜ中止なのかと。なぜベストを尽《つ》くさないのかと」

「そういう問題じゃないです！　そ、そりゃ俺だってエロいことはしたいに決まってますけど！　なんか……なんかあまりに性急じゃないッスか⁉　もっとこう、雰囲気とか、順序立てとか、状況とか色々あるでしょ！」

「雰囲気良し、抱擁《ほうよう》↓キス↓と来ているので順序良し、状況……。……良し」

「いや良しじゃないでしょう！　時間来ていたでしょう、今まさに！　ほら、アラーム鳴っているし！」

「薬の搬入《はんにゅう》予定が入る以前に、私は卒業式の後キー君と保健室でって決めてたわ！」

「なんで俺の予定も確認せずに勝手に覚悟完了《かくごかんりょう》してたんスか！　と、とにかく今はこれでも生徒会活動中で、もうすぐ皆《みんな》と生徒会室に集まるわけですし……」

「……あの女達のところに行くのね……」

知弦さんが諦《あきら》めたようにごろんと俺の隣《となり》に寝転《ねころ》がりながら、アンニュイな様子で呟く。

「いやまあ、それは状況に完全にマッチしたセリフですけども！　知弦さん、皆のことあの女達とか呼ぶ関係性じゃないでしょう！」

「……ふ。分かってたわ。どうせ私は、カラダだけの女よ」

「まだ何もしてないでしょう！」

「そうよ！　カラダだけの女からカラダの関係とったら、何が残るのよぉー！」

「何ギレ⁉　それ一体何ギレ⁉　と、とにかく、知弦さんがその……そういう気になってくれたのは凄く嬉《うれ》しいですが、流石《さすが》に今は最後の生徒会の活動中ですし、後も予定控《ひか》えてますし、ええと、今回は一旦《いったん》見送りということで何卒《なにとぞ》……」

「……仕方無いわね」

「ほっ……」

「でも、埋《う》め合《あ》わせはして貰《もら》うわよ」

「はい、それは勿論《もちろん》！　なんでもしますよ！　なんでも！」

「じゃ、じゃあ……」

そこで知弦さんは、なぜか、ごろっと寝《ね》返《がえ》りをうち、俺から顔を逸《そ》らして、緊張した様子で告げてきた。

「キー君の童貞《どうてい》は、私が、予約ということで……」

まるで一世一代の告白でもするかのようなテンションで言ってきた割には、先程の状況に比べればぬるい話だったので、俺はなんだか肩すかしを食らう。

「分かりました」

無理難題が来なかったことにホッとしつつ、それならとあっさり受け入れる。そりゃそうだ。女性にここまでされておいて、放置するんだ。童貞の予約ぐらい、当然のこと——。

………。

「……キー君？　どうかしたの？　ほら、次アカちゃんのところ行ったら？」

「え。ああ、はい、分かりました」

知弦さんに促《うなが》されて、保健室を出るために入り口まで行く。彼女も立ち上がると、ずっと鳴りっぱなしだったアラームを止めていた。極《きわ》めて落ち着いた様子で。

………。

俺はある可能性に思い当たり、もしかしてと思いながら、保健室を出る前に訊《たず》ねる。

「一芝居《ひとしばい》……うちやがりましたか、知弦さん」

「うっ」

俺の指摘《してき》に、知弦さんが引きつってケータイをカランカランと床《ゆか》に落とす。二秒程して、彼女はケータイを拾い上げると、顔に汗《あせ》を掻《か》きながら答えてきた。

「な、なに言ってるのよキー君。私、なんのことだか全然……」

「やっぱり十五分の時間制限ある中であの迫《せま》り方はおかしいですよ。っつうか本当に無視するんだったら、アラーム設定しなけりゃいいですし」

「う……」

「結果だけ見れば、俺、なんか童貞献上の予約されただけで……。そうだ、このまま知弦さんとことに及ぶ機会が無ければ、延々と、俺は他《ほか》の誰《だれ》ともエロいことが出来ないっつう、そういう生殺しの呪《のろ》いみたいな——」

「ほらキー君出てった出てった！　もう業者さん来ちゃうわ！　貴方《あなた》なんかいたら、不衛生で満足に薬の補充《ほじゅう》も出来ないでしょ！」

「なんか酷《ひど》いこと言われた！……まあ、でも、分かりましたよ。じゃあ……」

真っ赤な顔で怒鳴《どな》る知弦さんに急《せ》かされ、妙《みょう》に納得《なっとく》いかない感情を抱えながらも保健室をしぶしぶ後にする。


…………とはいえ。


「う……あ、く、うわ……」

知弦さんに押し倒された時のことを思い出すと、体中から湧《わ》いてくる熱でどうにかなってしまいそうだった。

「ある意味知弦さんの目論見《もくろみ》通りか……」

こうして、俺と知弦さんの保健室での思い出は、お互《たが》いの心に完全に刻み込まれてしまったのであった。

……色んな意味で。

＊

そんなわけで、なんだかもうぐったりだ。色んな意味でぐったりだ。

「思い出巡《めぐ》り……。…………。……もういいや」

それはまるでコミケやゲームショウ的なイベントで、目的を果たす前に体力使い果たして家に帰りたくなるあの状況にも似て。

俺はもう既《すで》に、なんか思い出巡りとかいいかなー、という気分になってしまっていた。

「うん……そうだ、俺にとって一番の思い出は、やはり生徒会室！」

そんな言い訳を自分にしつつ、皆が戻《もど》って来るまで一休みしてようと生徒会室に向かう。

……い、いいんだよ、これで！　ほら……二年B組見たし！　充分《じゅうぶん》！　うん！

自分の中で色んな言い訳をしつつ、ガラガラとまだ誰も居ない生徒会室の戸を開——

「遅《おそ》いよ杉崎！」

「…………」

ガラガラ、ピシャン。

俺は即座《そくざ》に戸を閉め直すと、改めて安らげる場所へと——そうだ、トイレの個室で残り時間過ごしてしまえ——

「なんで帰るのさ！」

なんか会長が内側から戸を開けて文句を言ってきた。……うぅ。

「すいません。体力無い時の会長エンカウントは、正直逃走一択《とうそういったく》です」

「なんで私を厄介《やっかい》なモンスター扱《あつか》いなのよ！　ほら、入るー！　はーいーるー！」

「うぇー」

袖《そで》を強引に引っ張られてしまい、生地が伸《の》びてしまいそうだったので渋々《しぶしぶ》生徒会室に入る。倒《たお》れ込むように自分の席に着くと、俺とは対照的になんかやたら元気な会長（いつもより三割増）が、大声で胸を張ってなんだか妙なことを言ってきた。

「なんだかんだ言って、杉崎は生徒会室に一番早めに帰ってくるだろうからと、ここで待ち構えていた私の目に狂《くる》いは無かったね！　あーはっはっはっは！」

「会長、俺を待ち構えていたんですか？」

「うん！　杉崎と二人きりになりたかったからね！」

「…………」

「…………」

なんか妙なタイミングで来たド直球に呆然《ぼうぜん》としていると、しばらくして、会長がようやく自分の失言に気付いたのか、頬《ほお》を赤くしながら口元をあわあわさせて弁解してくる。

「ち、違《ちが》うの違うの！　私はほら、ただ、杉崎と二人きりで過ごしたいなって、思ってただけなの！」

「会長、会長。それ言い方がフォローっぽいだけで、実質なんのフォローにもなってないですよ」

「うぅ！　ち、違うの！　私じゃないの！　私より、むしろ他の皆の方が、ギラギラ杉崎と二人きりの時間作ろうと狙《ねら》ってたの！　各所で待ち構えてたの！」

「会長、会長。遂《つい》に自爆《じばく》どころか他のメンバーまで巻き込んだ大爆発《ばくはつ》起こしてきていますよ。とりあえず、落ち着いて下さい！」

「う、うん……。すー……はー……」

「…………」

会長の深呼吸を見守っている間、今言われたことを考える。……二人きりに、か……。まあ意図的か偶然《ぐうぜん》かはさておき、確かに、なんだかんだで皆それぞれと二人きりで話せる機会あって良かったな。うん。

そんなことを思っていると、すっかり落ち着いた様子の会長が、俺の目をしっかりと見て……今度は、照れずに、告げてきた。

「杉崎と二人になろうとしたのは、ホント。……だけどね、私が杉崎と二人きりになりたかった理由はね。多分他の皆とちょっと違うと思うんだ」

「……そうなんですか」

……正直なところ、少し落胆《らくたん》している自分が居た。そ、そりゃ三人が連続してあんな感じだったら、会長にも期待してしまうわけで。

俺が恥《は》ずかしそうに俯《うつむ》いているのに気付いたのか、会長は苦笑《くしょう》しながら訂正《ていせい》する。

「あ、ううん。杉崎のこと好きだよ、私」

「……へ？」

「……あ」

俺がぽかんとしたのに加えて、会長までぽかんとしていた。そして、徐々《じょじょ》に顔を赤くしていく。どうやら、そんなこと言うつもりはなかったらしい。

慌《あわ》ててわたわたと手をバタつかせる会長。

「あの、えと、そうじゃなくて！　好きは、好きだけど！　嫌《きら》いじゃ、ないけど！　でも……でもね！」

「分かってますよ、会長。分かってますから」

「……うん」

俺だってバカじゃない。彼女が俺に抱《いだ》いてくれている気持ちは、漠然《ばくぜん》とだけど、ずっと伝わっていて。

会長は俺の微笑《ほほえ》みをどう解釈《かいしゃく》したのか、少しだけシュンとしてしまった。

「ごめんね……」

「なにを謝っているんですか、会長。謝ることなんて何もないですよ？」

「うん……」

それでも会長の表情は優《すぐ》れない。……しかしこればっかりは、俺がいくらフォローしてもどうしようもないことだ。

頬の赤みを少しずつ引かせながら、会長が自分の気持ちを整理するように喋《しゃべ》る。

「えと……どうしよ、こんな話するつもりじゃなかったんだけど……あ、あのね」

「はい」

「私は杉崎のこと…………………す、好きだよ」

「めっちゃ嬉《うれ》しいです」

彼女の複雑な気持ちはさておき、なんにせよまずそこは喜ぶべきことなんだと思うから、俺は笑顔でそれを受け取る。会長も少しだけ気が楽になったかのように微笑むと、しかし、すぐに表情を引き締《し》めて、次の言葉を続けてきた。

「でもそれは、私が知弦や……深夏や真冬ちゃんや……それにアンズ……大好きな友達とか家族の皆《みんな》に抱く好きと、殆《ほとん》ど同じかなって、思う」

「……はい」

覚悟《かくご》していたことだった。というか、本当は、俺自身、分かっていたことだった。

だけどその上で……俺は、言いたいことを、まず、言わせてもらうことにする。

「それでも俺はずっと、会長が、女の子として、好きですよ。恋《こい》の意味で、好きです」

「……あ、ぅ」

会長は一瞬《いっしゅん》照れて。しかしすぐに顔を俯かせた。

「……ごめんね、杉崎」

「いえ、なに言ってんスか。今まで通りじゃないですか！」

「……ん」

寂《さび》しそうに、しかしどこか安心した様子で応じる会長。

……俺が彼女に嫌われているとは思わない。むしろ、好かれていると確信しているし、相応にお互いを想《おも》い合っているとも、思う。だけど……。

「好きっていう気持ちの区別って……私、まだ、よく分からないんだ」

「……そうですね。それは、確かに、難しいことだと思います」

会長の言葉に同意する。

好きっていう気持ちの、区別。それが簡単に出来るなら……中学の頃《ころ》の俺達は、あんなに傷つくことはなかった。いや、今の俺だって、まだ怪《あや》しいもんだ。

たとえば……誤解を恐《おそ》れず言えば。俺は、男にだって、ある意味で生徒会のメンバーと同じかそれ以上に大事に想っているヤツらが……友達が、居る。だけど異性が好きな俺は、そいつらと恋に落ちることは、無い。……真冬ちゃん好みのBL的な可能性は、一旦排除《いったんはいじょ》させてもらうけど。

だけどもし、明日《あした》そいつが急に自分が女の子だと告白してきて、更《さら》に容姿も劇的に美少女に変わってきたら、どうだろう。……戸惑《とまど》うのは勿論《もちろん》、恋という気持ちかどうかはさておき、ドキドキはしてしまうんだと思う。……実際、少し違うけど似たようなことがちょっと前にあったから、それは確実だ。

そう考えると、俺の言う「恋」って、なんて浅薄《せんぱく》なんだろうなって思う。相手の中身が変わったわけじゃないのに。外面が、状況《じょうきょう》が変わっただけで、意識してしまうなんて。でもそれは、抗《あらが》いがたい事実で。

——だからこそ、会長の言うことが、余計、身に染みて。

「杉崎はね……ん……私にとって……特別だと、思う。その、一緒《いっしょ》に居てドキドキしちゃうこと……ほ、ホント言うと、あ、ある」

会長は顔を再び真っ赤にしていた。相変わらず可愛《かわい》い人だ。俺はこの人が大好きだ。

「だけどね……わ、私、男の子とこんなに仲良くなったこと、ないから。だから……だから、それが、こ、こここ、恋……とかなのかって、よ、よく、分からないんだ……」

「はい……分かります。それはもっともな意見だって思います」

「そ、そう？　でも多分私……凄《すご》く子供っぽいこと、言ってるんだよね？」

「まあ、普通《ふつう》はもうちょっと早い時期にぶつかる疑問かもしれませんけど……でも、おかしい気持ちじゃないです」

「そ、そか」

「そうです」

「……ごめんね」

「だから、謝ることじゃないですって、会長。それに俺……嬉しいです」

「え？」

「だって会長、俺のこと大事な人間だと思ってくれていて……そして、恋かどうかは分からなくても、男として、少しだけでも意識し始めてくれているんだなって分かったから」

「あ……うん。ありがとう、杉崎」

　そのまま二人、少しだけ黙《だま》り込む。不快な沈黙《ちんもく》じゃなかった。少しだけ、温かい空気がそこには流れていて。

　たっぷり十秒ほど経過した頃。会長は、意を決したようにこちらを見据《みす》えた。

「で、でもね！」

「？　はい？」

ここから先何を言われるのかは流石《さすが》に予想がつかなかったので首を傾《かし》げると、会長は大層緊張《きんちょう》した様子で、俺に告げてきた。

「私、やっぱり杉崎がいいなって思ってるから！」

「は？……へ？　はい？」

「――っ！　それだけ！　はい、この話終わり！」

「……はい？」

やべ、全然言葉の意味が分からなかった。いくらなんでも言葉足らず過ぎるだろう、このお子様。

会長がさっさとこの話題を切り上げようとする所に、俺は食い下がる。

「え、なんですか、どういう意味ッスかそれ。え？　あ、あれッスか。処女を俺に捧《ささ》げたいっつう、そういうことッスか」

「な、なな、なわけないでしょ！」

「って」

頭をペシーンと叩《たた》かれた。なぜだ。正直ニュアンス的にそれで九割正解だと思ってたのに。完全にアテが外れた。会長が大層不機嫌《ふきげん》な様子でツーンとしている。これは……今の俺の解釈が、相当違《ちが》ったっつうことな気がするぞ。となると……色っぽい要素は排除《はいじょ》して考えて……。

「あ、あれですか。生徒会の原稿《げんこう》は最後まで俺が書くのがいいって、そういうことですか」

「――っ！　もう！　そう、それだよ！　それでいいよ！」

「？　なんか良くわかりませんが、了解《りょうかい》です。卒業式の原稿まで、きっちり後で仕上げておきますから！」

「……はぁ」

「会長？　なんか元気無いですね。ほーら、クマさんのぬいぐるみでちゅよー？」

「わーい！……って喜ばないよ！　というか、私が恋とかよく分からないのは、杉崎達の接し方にも多大な問題があったんじゃないかと思うの！」

「分かりました、次からは会長に元気が無い時、問答無用でスカート降ろします」

「私が恋に踏《ふ》み切れないのは絶対杉崎のせいだぁあああああああああ」

会長が絶叫《ぜっきょう》してぜぇぜぇ言っている。それに対して、苦笑いの俺。

…………。

……なんか。

「ははっ、いつもの生徒会みたいッスね」

俺のその発言に。

会長はハッとした様子を見せると、黙りこくってしまった。

「会長？」

「……ん。なんでもない。なんでもないよ。楽しいね。本当に、楽しいね杉崎」

「そうッスね」

「……杉崎と居るとき、なんか……凄く『私』で居られてさ。アンズや知弦と居るのとも違う。私がわがまま言って、だけど杉崎も同じだけ主張してさ。それって……簡単に言えば喧嘩《けんか》みたいなんだけど……なんだか凄く楽しくて」

「ははっ、そうッスね。確かにやってること会議より喧嘩に近いのに、楽しかったッスね」

「…………」

「……？」

不思議な、俺にはよく分からない沈黙。会長は徐々に俯《うつむ》くと、ぽつりと呟《つぶや》いた。

「……元々の、本題、なんだけどさ」

「？　ああ、他《ほか》の皆と違って、会長は元々恋愛《れんあい》トークしたいわけじゃなかったんでしたっけ」

「でしたね。えと、それで、本題っていうのは？」

「うん……」

「……うん」

「……会長？」

「…………っ」

会長は、何かを堪《こら》えるように、体を震《ふる》わせ始めていた。彼女のそのただならぬ様子に、俺は居住まいを正す。

「…………」

しかしそれでも話は一向に始まらない。

それでも俺はただただ、彼女が次に口を開くのを待つことにする。

「あのね……」

そうして、たっぷり一分ほど経った頃。彼女は——急にぽろぽろと涙《なみだ》を流しだした。

「え、会長……？」

「杉崎……。あのね、私はね……」

「は、はい……」

会長は拳《こぶし》をスカートの上でギュッと握《にぎ》りこみ……今まで必死で我慢《がまん》してきたのであろう気持ちを、吐《は》き出した。

「ほんとは……ほんとはねっ。杉崎と、みんなと、ずっと一緒に、いたいの……！」

「会長……」

思わず彼女の頭に手をやる。俺がサラサラと髪《かみ》を撫《な》でる中、会長は嗚咽《おえつ》を漏《も》らしながら続けた。

「杉崎の、言う通りだよ。別れたくないよ。ずっとここに居たいよ。でもね、でもね」

「……………」

「私……は、会長さん、だからっ……」

「……………」

「会長さんは、ずっと、ちゃんと、最後まで、皆《みんな》の前を、歩かなきゃ、だからっ！」

「――っ！」

そこでようやく、俺は、自分の馬鹿《ばか》な勘違《かんちが》いを知った。

卒業式で立派な答辞をした会長は、この学園で凄く成長して、大人になって、そうして学園を去って行くのだって思っていたけど。

それは、ある一面においてはその通りでも、あるのだけれど。

だけど。

……無くなるはず、ないじゃないか。

いくら、心が成長したって。

いくら、大人になったって。

いくら、決意を重ねたって。

桜野《さくらの》くりむという女の子の抱《いだ》く寂《さび》しさが、悲しみが、全部消えるわけないじゃないか。

「いやだ……いやだよぅ……！　皆と、ずっと、ここで、生徒会室で、楽しくお喋《しゃべ》りしていたいよぅ……！」

「っ」

気付けば俺の瞳《ひとみ》からも涙が流れていた。だってそれは、俺の本音《ほんね》でもあって。送辞で俺がぶつけて、でも会長がたしなめてくれた気持ちで。

……今にして余計思う。

あの答辞は、彼女にとって、どれだけ酷《こく》なことだったのだろうかと。

そしてそれをやってのけたこの桜野くりむという女の子は、なんて――

――なんて立派な、生徒会長だったのだろうかと。


「杉崎……だからねっ……私がね、杉崎とね、二人きりにね、なりたかったのはね……！」

「っ！　いいです！　もういいですからっ、会長！」

俺は思わず立ち上がって彼女の頭を自分の胸に抱《だ》きしめた。強く、強く、強く。

会長もまた、俺のブレザーの背中をくしゃくしゃになる程握り込み、その涙に濡《ぬ》れた顔を押し付けてくる。

「う……う……」

「……頑張《がんば》りましたね、会長。もういいんです。ここでは……俺の前だけでは、もう、会長じゃなくて、桜野くりむで、いいですから……っ」

「っ」

俺のその、言葉に。

会長は一瞬《いっしゅん》だけ押《お》し黙《だま》り。

そして……直後。


「う……うわぁあああああああああああああああああああん！　ふぇ、ぐ、う、うぇ、杉崎……すぎさき……すぎさきぃっ！　いやだよぉおおお！　いやだ、いやだ、いやだよぉおおおお！　みんなずっと……ずっと一緒《いっしょ》に遊んでよぉ！　うわぁああああああああああああああん！」


「会長……っ！……くりむっ！」

それから、皆が生徒会室に戻《もど》って来るまでの約十分間。

俺と彼女はお互《たが》いの体を、ただただ強く抱きしめ合い続けたのだった。

＊

「全《すべ》てのものには、終わりがあるのよ！」

会長がいつものように小さな胸を張ってなにかの本の受け売りを偉《えら》そうに語っていた。

そう、いつものように。つい先程まで泣きじゃくっていたことなんて、微塵《みじん》も匂《にお》わせることなく。役員達の前で堂々と振《ふ》る舞《ま》っており。

彼女がそうであるなら、俺が……俺達が「いつも通り」じゃないわけには、いかない。

「会長。名言、今日二度目ですけど……」

俺のツッコミに、会長は一瞬だけにこっと嬉《うれ》しそうにして、すぐにいつも通りのテンションで怒《ど》鳴《な》ってきた。

「いいの！　最後なんだから出血大サービス！」

「閉店につき在庫一斉《いっせい》処分、と言った方が正確だと思うわよアカちゃん」

「にゃー！　そんなことないもん！」

これまたいつも通りに知弦さんが茶々を入れる。……でも本当は知弦さんだって気付いているのだろう……会長の目元の腫《は》れに。

「と、とっておきの名言だもん！　もったいないからついでに出したんじゃないもん！」

「そうかぁ？　あたしそんなセリフ、漫画《まんが》・アニメ・ゲームで数百回聞いたことあるぜ」

「レジ前にある、剝《む》き出《だ》しのソフトのみでのワゴンセール並みに投げ売りです」

「にゃー！」

椎名姉妹もまたいつものように会議を乱し、そして会長が怒《おこ》る。

本当に、いつも通りの生徒会が、そこにはあって。

だからこそ、俺もまた、その心地よい流れに身を任せられる。

「で、会長。こうして集まったはいいですけど、正直議題無いですよ、もう」

俺の質問に、会長は自由時間のうちに何かいい案を思いついていたらしく、「うむ！」と自信ありげに胸を張る。

「それは確かにそうだよ！　もう今年度の生徒会で話し合うことは、無いね！」

「そんな自信満々に言われましても……じゃあ、この集まり、一体——」

「帰りのHR《ホームルーム》だよ！」

「はい？」

よく意味が分からなかったので聞き返すと、会長は不機嫌《ふきげん》そうに「だーかーらー！」と続けてきた。

「帰りのHR！　別に話し合うことなくてもやるでしょ、毎日！　それと同じ！」

「はぁ……なるほど」

「うむ！」

「…………」

「…………」

「……えと、会長？　それで？」

「それで、とは」

「いや、だから。ＨＲならＨＲでいいんで、進行してくれないと……」

「だからさっきから言ってんじゃん、杉崎！」

「？」


「どちらにせよ、特に話し合うことなんか無いよ！」


『じゃあなんだったのこのくだり!?』

思わず全員でツッコムも、会長が「そ、それでもやるのが帰りのＨＲ！」と微妙《びみょう》に正論っぽいこと言い出したので、それ以上抗議《こうぎ》せず引き下がる。……まあ、最後は全員で集まりたかったのも、事実だし。

会長がムスッと着席してしまう。仕方無いので、俺が立ち上がって進行することにした。

「じゃあ、えーと……誰《だれ》か、何かある人ー」

「先輩《せんぱい》。その問いかけ方は集団をシーンとさせる魔法《まほう》の問いかけランキング一位です」

真冬ちゃんの鋭《するど》いツッコミ。

「う、まあ、それもそうだね。けどHRでやることとったら……」

「学校からのお知らせとかじゃないですか。先輩、なにかお知らせお願いしますです」

「よし来た。じゃあ、お知らせプリントを配るぞ」

「はーい。……ってなんですかこれ？」

「今春放送のアニメ一覧とか、カップ○ードルの新作試食レビューとか、世界を旅したくなる十の風景画像なんかをまとめたものだ」

「そういうお知らせはＧＩＧＡ○ＩＮＥさんに任せておきなさいです！」

「……はっ！　義妹《いもうと》が足の小指を今ぶつけた気がする！」

「それは学校からのお知らせじゃなくて、虫の知らせです！　そしてしょぼいです！」

「俺、生徒会のこと書き終わったら、新シリーズは俺のエロ経験値をフルに活《い》かしたオリジナルの官能小説やろうと思ってんだ。初版一千万部で！」

「それは『富士見書房《しょぼう》　終了《しゅうりょう》のお知らせ』です！　はあ、もういいです。確かにこの期《ご》に及《およ》んで学校からのお知らせなんかありませんよね」

「まあなぁ……。でもそうなると、他《ほか》にＨＲでやることなんて……」

俺が唸《うな》っていると、今度は深夏が意見を出してきた。

「さっきの鍵じゃねーけど、やっぱり生徒からの報告とそれに関する会議が主だろ、帰りのＨＲ」

「まあそうだけど……深夏は、何か報告や話し合いたいことあるのか？」

「んー、そうだなー」

深夏は背もたれに体を預け、頭の後ろで手を組んでいつも通りぐらんぐらんとやり始めると、そのまま軽いノリで喋り出した。

「ジョジ○の奇妙《きみよう》な冒険《ぼうけん》における最強スタンドは何かっつう議論を皆《みんな》で是非《ぜひ》」

「確実に最後は喧嘩《けんか》になるからやめてくれ」

「じゃあ、『第一回　僕の・私の考えた最強の悪魔《あくま》の実コンペ』でも」

「やらねぇよ！」

「ちなみにあたしの考えた最強の悪魔の実は『ミナミナの実』」

「みなみな？　ああ、どうせミナデ○ンが使い放題とかそんな安直な――」

「いや椎名深夏になれる」

「結局お前が最強なだけじゃねえかよ！　っていうか泳げなくなる分劣化《れっか》深夏にしかならねぇし！」

「おお、そりゃ盲点《もうてん》だな。じゃあ鍵はどんな実があったらいい？」

「俺？　そうだなぁ、黙ってても女の子が寄ってくる……いや、それより単純に最強な能力で大活躍《かつやく》する方が汎用《はんよう》性あ——って危ねぇ！　議論に乗りかけた！　友人との漫画話怖《こえ》ぇ！　世の中で最も魅力《みりょく》的な話題ベスト5に入るヤバさだこれ！　でもだからこそ禁止！　漫画系全部禁止！」

「ちっ、ノリ悪《わり》ぃなぁ。漫画系除いたら……じゃあ『第一回　僕の・私の考えた最強のギアス能力コンペ』を——」

「やらねぇって！」

「ちなみにあたしの思う最強のギアスは、一時間だけ椎名深夏の人格になれるギアスだ！」

「だからなんで結局劣化したお前で最強名乗れるんだよ！　椎名深夏は一体どういう存在なんだよ！　っつうかアニメ話題も禁止！　察せ！」

「じゃあ『第一回　僕の・私の考えた最強のダンジョン脱出呪文《だつしゆつじゆもん》コンペ』を——」

「リ○ミトで充分《じゆうぶん》だろ！　なんだその話の広がらなそうな議題！　っつうかゲームも駄《だ》

目《め》！　趣味《しゅみ》系全部駄目！　ＨＲで出す議題は、人間関係とかに主軸《しゅじく》置けよ！」

「じゃあ……この中で鍵のことが好きな人、手ぇー上ーげろっ！　はーい！」

「なにサクっととんでもない話題振ってんの!?　っていうか知弦さんも真冬ちゃんもそんなシャキンと上げなくていいから！　なんの対抗《たいこう》心!?――ってい、いや会長、そんな顔真っ赤にして涙目《なみだめ》でぷるぷるしつつ上げなくていいですって！　っつうか何この状況《じょうきょう》！」

「……ところで鍵、全員手上げたけど、こっからどうする？」

「知らねぇよ！　そこで俺に振るっていう選択肢《せんたくし》は一番ねぇだろうがよ！　なんだよこのラブコメ的ハーレム展開とも、最悪の修羅《しゅら》場《ば》ともとれる歪《ゆが》んだ状況は！　どう収拾《しゅうしゅう》つけたらいいんだよ！　皆なんか意地張って誰も手降ろさないし！」

「……よし、今日はここまでにするか、帰りのＨＲ」

「んな帰りのＨＲあるかっ！　議論どころか、無駄に人間関係引っかき回しただけの最低ＨＲじゃねえかよ！」

「……先生、委員長がガミガミ五月蠅《うるさ》いでーす」

「誰が委員長だ誰が！　あー、もう！　と、とにかく全員、手ぇ降ろす！　その、す、好きと意思表示してくれたのは嬉しかったッスから。……うぅ……さん、はい！」

というわけで、生徒による議論も中止。となると……。

「……本格的にやることないね、帰りのＨＲ……」

言い出しっぺの会長がダレている。それを見て、仕方無さそうに知弦さんが口を開いた。

「元々ＨＲってそういうものじゃない。全員が一回きちんと集まるのが目的っていうの？」

「え。じゃあ、役員がこの生徒会室集まった時点で、主目的終わってるの⁉」

「まあ、そういうことよね」

「……えー。なんか、カタチがあるようでないものだったんだね、ＨＲ。哲学《てつがく》だね」

「うん、哲学ではないわね。……そんなに何かしたいなら、出欠確認ぐらい取る？」

「うー、朝のＨＲっぽいけど、まあ、なんにもしないよりはマシだよね。分かった、知弦、お願い」

会長に依頼《いらい》され、知弦さんが立ち上がる。彼女はたまに掛《か》けるメガネを掛け、どこから取り出した指《さ》し棒と、出席簿《ぼ》に見立てたノートを持ち、女教師然とした格好に変身した。

全員から「おぉー」と感嘆《かんたん》の声が漏《も》れる。特に俺なんか超《ちよう》感動だ。エロい！　なんかエロいッスよ知弦さん！　グラマラスな女教師キャラって、露出《ろしゆつ》多いわけじゃ決してないのにどうしてこうエロいのか！

思いの外《ほか》本格的ビジュアルになったことで欲《よく》が出て来たのか、深夏が更《さら》なる提案をする。

「じゃあさ、じゃあさっ、知弦さん一旦《いったん》外出て、教師として入室してくるところからやろうぜ！」

その提案に、会長がパァッと表情を輝《かがや》かせる。

「いいね！　昨日今日とバタバタしてたせいで、最後の出欠確認とか特になんの感慨《かんがい》もなくスルーしちゃったから、ここで最後の思い出作るー！」

当然、俺と真冬ちゃんもそれに賛成の意を示す。知弦さん本人はと言えばこういう風になるとは思っていなかったのか、少し戸惑《とまど》いながらも、「仕方無いわねぇ」と少し恥《は》ずかしそうにしながらも了承《りょうしょう》した。

そうして彼女が一旦生徒会室から出る。どうやら廊下《ろうか》を歩いてくる「カツカツ」という音も演出してくれるらしく、知弦さんがドアの前から少し離《はな》れていく足音が。それを聞いて、真冬ちゃんが更に提案してくれた。

「皆《みな》さん、紅葉先輩があそこまでしてくれるなら、真冬達もそれに報《むく》いましょう！」

「報いるって……具体的には？」

俺の質問に、真冬ちゃんが胸を張って答える！

「真冬達も、全力で紅葉せんぱ……紅葉先生の担任するクラスの生徒を演じるのです！」

『おおー』

というわけで。

俺達は、完全に生徒に成りきって、彼女を待つことにした。

＊

カツッ、カツッと大きめに足音を鳴らして生徒会室へと向かう。

……妙《みよう》なことになったけれど、まあいいわ。これでアカちゃんが、皆が喜んでくれるなら、それで充分よ。

私は自分なりに「女教師」として大人な表情を作りながら歩き、そして生徒会室前に辿《たど》り着《つ》くと、一拍《いっぱく》置いて、強めにガラガラと戸を開いた！

「みんなー、席に着きなさ——」

学ランを着崩《きくず》した四人の突《つ》っ張《ぱ》り不良生徒に、一斉《いっせい》にメンチ切られていた。

「荒《あ》れてる!?」

思わずのけぞる私を見て、前髪《まえがみ》を前方にみょーんと伸《の》ばしたアカちゃんが笑う。

「おい、皆ぁ！　新しいカモのお出ましだぜぇ！」

『ぎゃはははははははははは！』

「ちょ、み、皆⁉　なにしてるの⁉」

「うっせーんだよ、ヤンクミ！」

「いや私の名前をどう略してもヤンクミにはならないわよ！　っていうかそこのモヒカンになってる子、真冬ちゃんよねぇ⁉　なにしてるの⁉」

「俺達はもう野球なんかやらねぇって言ってるだろ、川藤《かわとう》！」

「だから川藤なんて名前でも無いわよ！　っていうかキー君意外に似合うわね不良キャラ！　むしろそっちの方が普段《ふだん》より威厳《いげん》ある気がするのはどういうこと⁉」

　私が三人にツッコンでいると、もう一名の生徒……さっきから異様なオーラを放っていた生徒が、机の上にガンッと足を置いて威圧《いあつ》してきた。深夏だ。口に葉っぱを銜《くわ》え、頬《ほお》に十字傷、鼻の頭に絆創膏《ばんそうこう》と、明らかに昭和の番長を意識している様子の彼女が、満を持《じ》していよいよ口を開く！

「うだうだ言ってねぇで、そろそろ取れよ、女。……出欠をさ」

「断る！」

私はハッキリとそう告げると、バンッと机を叩《たた》いて皆を威圧する。途端《とたん》、今までのふざけた態度を正し、椅子《いす》にきちんと座り直す生徒会の面々。

「皆《みんな》、これはどういうつもりなのかしら？」

私の怒《いか》りを滲《にじ》ませた問いに。代表して深夏がしょぼしょぼ答えてくる。

「知弦さんの女教師に見合うよう、あたし達も全力で生徒をやろうと……」

「どの方向に全力傾《かたむ》けているのよ！　やるにしても不良である必要は無いでしょう！」

「でも生徒ったら不良だと思って、あたし……」

「なによその貧困な発想！……もういいわ。やり直しよ。まあ、その気持ちだけは買うわ。次は生徒やるにしても、普通《ふつう》の生徒にしなさい。いいわね、皆！」

『……普通……』

四人が顔を見合わせている。私は溜息《ためいき》をつくと、とりあえず生徒会室から出た。


三分後。私は再び生徒会室に向けて、カツカツと歩き出す。少し待ったのは、彼らが着《き》替《が》える時間を設《もう》けるためだ。……というか、さっきはよくあの短時間で企《き》画《かく》会議と着替えを済ませたわね、あの四人。この一年で無駄なスキルだけ養われすぎでしょう。

ともあれ、流石《さすが》に今回は大丈夫《だいじょうぶ》でしょう。二度同じネタをやるメンバーではないし。

　というわけで、私は生徒会室前に辿り着くと、ガラガラと扉《とびら》を開いた。

「みんなー、席に着きなさ——」

「ああっ、尻尾《しっぽ》を切る前に討伐《とうばつ》してしまいました！　攻撃《こうげき》力高すぎましたですー！」

「見ろよ鍵、見よう見まねで出来たぜ、釘《くぎ》パンチとレッグナイフ！　いくぞぉー？」

「つぶね！　なに壁壊《かべしわ》してんだお前！　……でも今下着見えたぜはぁはぁ。早速《さっそく》今から瞑想《めいそう》して脳内に映像焼き付ける作業をせねば！」

「皆ぁ、聞いてー！　特に理由無いけど、今日を『くりむ様感謝デー』として、プレゼントを受け付けます！　どしどし持って来て良い！」

「荒れてる⁉」

　普通にしたらしたで充分荒れていた。なんか私ツッコミ間違《まちが》えたのかしらと反省するものの、いや、これは私に落ち度があったんじゃなくて、この子達の元来持つポテンシャルを舐《な》めていただけだと痛感。

　私は彼女達をしばらく眺《なが》めた後、ふぅと一つ息を吐《は》いて、メガネを外す。

「知弦さん？」

不思議そうにするキー君に、私は女教師の格好を解きつつ応じた。

「やっぱり、私はガラじゃないわ」

「え、あの、怒《おこ》っちゃいました？」

不安そうにする彼に、私は「違《ちが》うのよ」と笑いかける。

「なんていうか、私は『ここまで』で満足よ。……ありがとう、キー君。私に……いえ、私達に、最後にいつもの生徒会、させてくれて」

「あ……」

「でも、『ここから』は、やっぱりキー君がやるべきなんじゃ、ないかしら。ね？」

言いながら、出席簿（ノート）を渡《わた》す。キー君は少し迷った後に、しっかりとそれを受け取って私の目を見返した。

「はい」

「ん」

そうして。

本当の意味での、最後の生徒会が、始まった。

＊

「では、これから出欠を取ります」

知弦さんに代わって立ち上がり、出席簿をトンと机に置きつつ呼びかける。すると、皆は雑談をやめ、どこか嬉《うれ》しそうな瞳《ひとみ》で俺を見つめてきた。……なんだか、まるで最初から俺に教師役をやらせようと考えていたかのようだ。まったく……この生徒会はいつだってこうだ。俺が気を利《き》かせているとばかり思っていたら、本当のところは、俺の方が皆に支えて貰《もら》っていて。

『…………』

静寂《せいじゃく》が室内を満たす。だけど、不思議とそこに悲しみは無い。涙《なみだ》は卒業式で出尽《でつ》くしたからなのだろうか。

生徒会室に、会長が、知弦さんが、深夏が、真冬ちゃんが、俺が、居る。

ただそれだけだ。ただそれだけで、今は充分《じゅうぶん》だった。

俺はこの生徒会室で一緒《いっしょ》に過ごした仲間を見回した後、ゆっくりと出席簿を開き、少しだけ迷った後、一年生から順にそれぞれの名前を呼んでいく。

「椎名真冬《しいなまふゆ》」

「はい」

真冬ちゃんが立ち上がる。普通のＨＲなら返事だけのはずだけれど……それが、今はとても自然な動作に思えた。

だからこそ、俺も――本当なら、出欠確認なんてそれだけで終わりのはずなのだけれど。

……教師を演じていることなんか忘れて、言葉を続けていた。

「俺は、真冬ちゃんが大好きです」

「……はいです」

「冬の公園で俺なんかを介抱《かいほう》してくれる優《やさ》しさが。家族想《おも》いで、自分が守られるだけではないという、その意志が。趣味《しゅみ》に打ち込んでいる時の、その笑顔《えがお》が。……キミのなにもかもが、俺は、大好きです」

「……うぅ、照れますです……」

手を後ろに組んでモジモジしだす真冬ちゃんに、俺は笑顔で続ける。

「転校先でも、見知らぬ生徒達相手でも、どうか、どうか気後《きおく》れせず、その素晴《すば》らしい人柄《ひとがら》を見せつけてやって……また友達を、沢山《たくさん》、作ってください」

「…………はい！」

強く返事をして、真冬ちゃんが着席する。

それを見守ってから、俺は、次に隣《となり》の席へと目を向けた。


「椎名深夏《しいなみなつ》」


「はい」

深夏が立ち上がる。ピンと背筋を伸ばし、夏の向日葵《ひまわり》を思わせる笑顔でこちらを見る彼女に対し、俺は告げる。

「俺は、深夏が大好きです」

「お、おぅ」

「大事なものを守るために手に入れた、その気高《けだか》い強さが。その上で誰《だれ》からも親しまれる、その太陽のような温かさが。一方で可愛《かわい》いものが大好きで、時折見せるこの上ない女の子らしさが。お前のなにもかもが、俺は、大好きです」

「そ、そうか」

頬をちょいちょいと掻《か》いて照れる深夏に、俺は笑顔で続ける。

「転校先でも、きっと皆の中心になって、すぐにその学校全部を笑顔にしてくれるって、そう信じています。……いつまでも、俺が思いっきり誇《ほこ》れる深夏で、いて下さい」

「おう！　勿論《もちろん》だぜ！」

強く返事をして、深夏が着席する。

それを見守ってから、俺は、前の席へと顔を向けた。


「紅葉《あかば》知弦《ちづる》」


「はい」

知弦さんがスッと立ち上がる。その凜《りん》とした佇《たたず》まいはどう考えたって俺よりずっと大人で、今までのように声をかけるのを少し躊躇《ためら》ったが、彼女の優しい瞳に背中を押されて、俺も気合いを入れ直して告げる。

「俺は、知弦さんが大好きです」

「ええ」

「いざという時に誰よりも頼《たよ》りになる冷静さが。それでいて決して冷たいだけじゃない、最後には全《すべ》てを包み込んでくれるような慈愛《じあい》が。なにより……本当は誰より繊細《せんさい》で、純粋《じゅんすい》で、透明《とうめい》なその心の輝《かがや》きが。貴女《あなた》のなにもかもが、俺は、大好きです」

「ありがとう」

本当に嬉しそうに微笑《ほほえ》んでくれる知弦さんに、俺も笑顔で続ける。

「この先も、貴女はさっとどんどん魅力《みりょく》的な女性になっていくのだろうと思います。だけど……だけどどうか、これからも、俺達とふざけてくれる知弦さんで、いて下さい」

「言われるまでもないわね。だってそれが、私だもの」

強く返事をして、知弦さんが着席する。

そうして、俺は最後に……上座《かみざ》へと、顔を向けた。


「桜野《さくらの》くりむ」


「はい」

チャッと子供っぽく、元気よく立ち上がる会長。卒業式を経てもそんな様子の彼女に、俺は心から笑顔で、告げる。

「俺は、会長が大好きです」

「そ、そう？」

「純真無垢《むく》という言葉そのまま、いつだってその心に素直で。怒られたらちゃんと反省するっていう、本当は凄《すご》く難しいことが出来ちゃう人で。毎日、凄い速さで成長していて。関《かか》わる全ての人を笑顔にしてしまう、とんでもない才能の持ち主で、貴女のなにもかもが、俺は、大好きです」

「え、えへへぇ」

照れた様子で頭に手をやる会長に、俺は笑顔のままで続ける。

「大人になっていく貴女を見るのは、凄く嬉しいことです。だけど……どこかで、そんな子供のままでいて欲しいって、そう思ってしまう自分も居て。……なんと言っていいか分からないですが、どれだけ成長しても、会長は、会長で……桜野くりむで、いて下さい」

「当然！　私は、ずっと私だよ！」

強く返事をして、会長が着席する。

さて、これで全員の出欠確認が済んだ。……よし、丁度いいし、このままの流れで会議も終了《しゅうりょう》――

「杉崎鍵《すぎさきけん》」

「え？」
唐突《とうとつ》に、会長から名前を呼ばれた。気付くと、机に置いた出席簿《ぼ》が彼女に奪《うば》われている。
呆然《ぼうぜん》としてしまっていると、俺を除く生徒会役員全員が起立し、会長に合わせて、全員で俺の名前を呼んでくる。

『杉崎鍵』

「は、はい！」
慌《あわ》てて返事をして立ち上がる。想定外のことに緊張《きんちょう》してぴしっと直立不動になっていると、会長は皆《みんな》に目配せし、そして、またも、全員一緒に……俺が初めて見る程の笑み四つを浮《う》かべて、大きく告げてきた。

『私達は、キミが大好きです』

「──っ！」
その、あまりに不意打ち過ぎる言葉に。

その、あまりに不意打ちすぎる行動に。

その、あまりに不意打ちすぎる『ゴール』に。

俺の瞳から、すっかり絞《しぼ》り尽《つ》くされたと思っていた涙《なみだ》が、一筋、零《こぼ》れる。

そんな俺に、彼女達は代わる代わる、声をかけてくれた。

「自分の体をボロボロにしてまで女の子を追いかけてしまう先輩《せんぱい》が」
「強くなりたいと願って、本当に強さを手に入れてしまう、ひたむきな鍵が」
「この人に頼りたい、寄りかかりたいと強く思わせるほど、ぽかぽかと温かいキー君が」
「一番ワガママなこと言っているくせに、結局そのワガママで一番傷ついている、本当にどうしようもないお馬鹿《ばか》さんの、杉崎が」

そこで言葉を句切って、再び、全員が一斉《いっせい》に俺に、言葉をかけてくる。

『そんなキミのなにもかもが、私達は、大好きです！』

「──っ！」

くそ……なんだこれ。なんでこんな。嘘《うそ》だろ、馬鹿じゃねえの俺。ずっと望んでた、ハーレムエンドってヤツが目の前にあるってのに。ずっと目指《めざ》していたゴールが、ようやく目の前に、来ているっつうのに。ちくしょう。ちくしょう。

なんで……。

なんで、止まらない涙で皆の顔が見られないんだよっ！

くそっ、止まれよ、止まれよっ！　んだよ、これ！　絶好のチャンスなんだよ！　今性《せい》欲《よく》に任せて襲《おそ》いかかったって、全部受け入れて貰《もら》えるんだぞ、杉崎鍵！　それをお前……なんで……なんでこんな……っ！

子供のように袖《そで》で目をぐしぐしと何度も拭《ぬぐ》ってばかりの俺に、皆が明るい調子で言葉を続けてくる。

「ですから来年も、ううん、これから先もずっと女の子を追いかける先輩でいて下さい！」

「あたし達に告白されただけで満足してんのなんて、鍵らしくねぇからな！」

「でもたまには、ちゃんと私一人だけを見て、愛を囁《ささや》いてね、キー君」

「私達が居なくなっても、杉崎は、ずっと杉崎でいるんだよ！　分かった⁉」


そんな、皆の言葉に。俺は泣いてしゃくりあげるばかりで中々なにも返せなかったけど……最後の……俺に残された、最後の『男のプライド』を振《ふ》り絞って、震《ふる》える口で、どうにか、言葉を、返した。

「俺は……俺は、ハーレム王に、なる、男、ですっ！」


そう言って、滝《たき》のような涙と鼻水を流しながら、ぐしゃぐしゃの顔で、無理矢理ニカッと笑う。

そんな俺を見て、皆は一斉に腹を抱《かか》えてげらげらと笑い出した。

そうして、ただただ笑いに包まれる生徒会室で。

会長が、ここぞとばかりに——最高のタイミングで、最後の仕事を果たすため立ち上がり。

高らかに、宣言する！

「これにてっ、第三十二代碧陽学園《へきようがくえん》生徒会、解散っ！」

【エピローグ】

世の中、なんだかんだ言って「初めて」ほど楽しいことはない。
初めての恋愛《れんあい》。
初めての親友。
初めての非行。
初めての……エロゲ？
まあなんにせよ、いつだって思い返すとこう思う。
「昔は楽しかった」
保育園に入った時、自分と同じ体格の人間が大量にいるのにびびった。
小学生になった時、ランドセルを背負うのがあんなに嬉《うれ》しかった。
中学に上がった時、バスの定期を提示すると大人になったような気がした。
高校に受かった時、他者を蹴落《けお》として結果を勝ち取るということの悦楽《えつらく》を覚えた。
そして。

初めて生徒会に入った年、俺はかけがえのない仲間と最高のひとときを過ごした。


「結局、卒業式で会長の言った通りだったな」

六月某日《ぼうじつ》。あの卒業式からもうすぐ約三ヵ月は経《た》とうかというこの時期に、俺は生徒会室の前に佇《たたず》み、らしくない物思いに耽《ふけ》っていた。

「ったく、あの時はあんなにも皆がいなくなったこの学園のこと、想像もしたくなかったくせに……いざこうなってみると、なかなかどうして、会長。人生色々あるもんですよ」

別に死んだわけでもないのだけれど、生徒会室前に来ると未《いま》だに会長……いや、前会長が見守っている気がして、墓前の報告みたいなものをしてしまう。……本人に言ったら凄《すご》く怒《おこ》られそうだな、この行為《こうい》。

とはいえ、今日ぐらいは感慨《かんがい》を抱《いだ》くのも許して欲しい。


なんせ今日は、新しい生徒会の、本格始動となるはずの日なのだから。

「まあ、考えてみりゃ、当然の話なんスけどね」

案ずるより産むが易《やす》しとはよく言ったもので、まあ身も蓋《ふた》も無い話なのだけれど、いくら切ない別れをしたところで結局なんだかんだと慌ただしく、日々は過ぎていく。

「今年の場合は四月、五月がちょっとアレすぎたというのはあるんスけど……」

苦笑《くしょう》しながら報告する。本当なら五月始めにはとっくに活動しているはずの生徒会が、今頃《いまごろ》「本格始動」とか言っている時点で、そのあたりは察して欲しい。

まあ、なんにせよ、俺の碧陽《へきよう》学園での生活は相変わらず続いているわけで。

そこには新しい出会いがあり。

そこには新しい物語もあり。

そしてそこには。


皆と生徒会で過ごした「最高の一年間」の思い出を手にした、俺が、あり。


「ははっ、安いセリフだと思ってましたけど……本当にあるんスね、『思い出は胸の中に生きている』なんつうこと」

いや別に死んでないけど、元生徒会役員。っつうか当然今も普通《ふつう》に連絡《れんらく》取っているけど。

深夏《みなつ》は転校初日の通学段階にて既《すで》に、その学校を裏の裏の裏から操《あやつ》っていたという真の黒幕みたいなメガネ生徒会長をなんやかんやで殴《なぐ》り飛《と》ばした挙げ句改心までさせてしまい。その流れで彼に会長職を半《なか》ば無理矢理気味に託《たく》された挙げ句、転校後最初の挨拶《あいさつ》が「どうも、さっき生徒会長になりました椎名《しいな》深夏です」だったという超衝撃《ちょうしょうげき》のデビューを飾《かざ》り。

真冬《まふゆ》ちゃんは真冬ちゃんで「しょっちゅう深夏に絡《から》んできては返り討ちにされる前会長派の残党達を、健気《けなげ》に介抱《かいほう》」という非常に「らしい」ことをやり続けた結果、大量の前会長派が根こそぎ椎名真冬に心酔《しんすい》するという事態が発生。今や同校は深夏と真冬ちゃんそれぞれを筆頭とした「鬼神《きじん》派」「女神《めがみ》派」の二大派閥《はばつ》に分かれてしのぎを削《けず》っているという、大変意味の分からない状況《じょうきょう》になっているようで。

そうそう、さっきから死んだ人扱《あつか》いの会長も、大学入学初日にマスコット的存在として祭り上げられ（あのビジュアルで大学生は奇跡《きせき》すぎるだろう）、結局これまでと大差無い権力を持つに至っているらしい。同じく知弦《ちづる》さんもあのセクシーな容姿に加えて会長とのツーショットでは母性さえも感じさせるという最早《もはや》完全無欠の存在になりつつあるため、こちらはこちらで大人気。

となればこの二人で大学を掌握《しょうあく》、妙《みょう》な企画《きかく》を沢山《たくさん》始めだしても良さそうなものだけれど、今回、不思議とそういうことはしていないらしい。この件に関しては会長に訊《たず》ねても「だって休日に予定とか入れたくないもん……」と拗《す》ねるような答えを返すのみ。知弦さんに訊ねるとこちらもまた「なによ、キー君のバカ」と拗ねられるという、よく分からない状況だ。なんで休日出来るだけ空《あ》けようとするんだろうなぁ。そのくせこの二人、俺と遊びに出かけてくれる時間はそこそこあるみたいなのに。不思議だ。

で。

当然だけどこの三ヵ月、俺にだって、色々あったわけで。

義妹《いもうと》の林檎《りんご》が入学してきたり、飛鳥《あすか》がやたら連絡してくるようになり春休みには散々俺達兄妹《きょうだい》の生活をかき回した挙げ句俺の部屋に盗聴《とうちょう》&盗撮《とうさつ》機器どっさり仕掛《しか》けていきやがったり。

そしてなにより。

新生徒会役員が全員超《ちょう》クセモノで、新しいハーレム生活どころか、二ヶ月もかけて未だスタート地点に立ったばかり、だったり。

……あ、なんか、思い返すと涙出て来た。いやもう誇張《こちょう》無しに、酷《ひど》かったんスよ、今年度の初期……うぅ。今考えると、俺が最底辺扱いではあったとはいえ、去年の生徒会は最初から平和だったなぁ……。ぐす。

だから、皆《みんな》がいなくて寂《さび》しいとか思わなかったのは、思い出があるということの他に、単純にそんな風に黄昏《たそが》れている余裕《よゆう》が無かっただけとも言えるのかな。

なんにせよ皆それぞれの新天地で、当然のようにそれぞれの生活を謳歌《おうか》しているわけで。

……謳歌？　俺のは謳歌か？　まあいいや、それはこの際置いておこう。

勿論《もちろん》……皆に毎日直接会えないことは、とてもとても寂しいことなんだけれども。

だけど。

「なんか……意外と悪くないッスよね……こういう生活も」

生徒会室と書かれたプレートを見上げて、小さく呟《つぶや》く。

そう、それこそが、今の俺の、偽《いつわ》らざる素直《すなお》な気持ちだった。


意外と悪くない。


去年という素敵な一年の思い出に加えて。

今は、傍《そば》にはいなくとも、皆それぞれの新しい物語を聞くことまで、出来て。

それって、卒業式前に俺が抱いていた悲しいイメージとは、結構かけ離《はな》れていて。

うん。

意外と、悪く、ない。
「っつうわけで。会長、俺は、今年もこの生徒会で――」
小さく呟きながら、ようやく、生徒会室の戸に手をかける。
去年から変わらない、生徒会室。
だけど。
ここの中に居るのは、もう、会長や知弦さんや深夏や真冬ちゃんじゃない。
去年一年を一緒《いっしょ》にわいわい過ごした皆じゃ、ないんだ。
………。
でも、だからこそっ！
「去年よりずっと楽しい生徒会っ、そして学園生活を送ってやりますよ！」
だって今の俺の中には、皆と過ごした最高の思い出が、あるんだから！
去年より今年が良くならないはずがっ、ないじゃないッスか！
大きく胸を張って、生徒会室の戸を、開く。

私立碧陽学園生徒会室。

そこではこれからも、つまらない人間達が楽しい会話を繰《く》り広《ひろ》げていく。

めでたし、めでたし

立碧陽学園生徒会
Hekiyoh School studen

あとがき

お久しぶりです、蒼《あお》いせきなです。ちなみに今ちょっと、ここであえて「初めましての方は初めまして」とつけてみるのも面白《おもしろ》いかなと少し思いましたよ。シリーズ最終巻だけ急に読む方なんて——いや居るか。割と居るか。私もちょっと立ち読みとかしかねないか。
まあそんなわけで、相も変わらずグダグダな出だしの最終巻あとがきでございます。
さて皆《みな》さん、ここで問題です。

あとがきのページ数って、作家に選択肢《せんたくし》あると思いますか？

答えは、あります。基本的にあとがきとは、本編が出来た上で、本の規定の厚さ（十六ページ単位）と比較《ひかく》した時に、余っているページ数を埋《う》めるものでして。で、場合によってはそこに広告を入れたりして、更《さら》なる微調整《びちょうせい》が図《はか》られたりするわけですが（ここが第一の選択肢）。私の場合はなんとなく広告はやめておくことにしていまして。つまり、本編書いた上で余ったページ数が、そのまま、ダイレクトに、あとがき。

ちなみに本編の方のページ数いじればいいんじゃねと思われるかもですが、計算して書くのは非常に難しく、あとがきページ数出てから増量出来るタイミングも殆《ほとん》ど無いので、ちょっと現実的じゃないです。

そんなこんなで、皆さんにあとがきのページ数システムをまずは理解して貰《もら》った上で。

不本意にもあとがきの長いことが恒例《こうれい》になってしまった生徒会シリーズの今回……最終巻で、私が言い渡《わた》されたあとがきのページ数とはっ！

なんと、二ページでした。

…………。

というわけで、皆さん、今までありがとうございました。

生徒会シリーズは今回で最後ですが、葵せきなは新作をひっさげてまた帰ってきますので、その時はなにとぞよろしくお願い致《いた》します！

またね！

とはいかないでしょうが、バカヤロォ――――――――――――――――――ッ！

はい、というわけで、察しの良い皆さんはもうお気づきかもしれませんが。

十六ページ単位でやっている本ですので。三ページ以上あとがきやりたいとなると。

十六ページ増量して、十八ページあとがき書くしか、ないわけで。


………皆さん、もう一度、同じ質問します。

あとがきのページ数って、作家に選択肢あると思いますか？


真の答えは、「あるようで無い」です。どうも、あとがき作家・葵せきなです。

いや凄《すご》い悩《なや》んだんですよ!?　だってあとがき十八ページって、本編目的の人にとっては詐欺《さぎ》みたいでさえあるじゃないですか。残りページ数まだこんなにあるなって思ってたら、あとがきですもん。怒《おこ》られても仕方無いですよ！　ガッカリさせてしまっていたら本当に申し訳無いです！　ごめんなさい！

で、でも、シリーズ通してこんなにあとがき書いてきたのに、まさかの最終巻で二ページしか与《あた》えられないって、それはそれでどうなんだと思ってしまったわけですよ！　二ページじゃ軽い謝辞だけ書いて終わりじゃないですか！　最終巻なのに！　うぅ！

なんで……。

なんでこんなシリーズ通してあとがきのページ配分に恵《めぐ》まれないんだよ———！

厳密に調べては全然無いんですが、そういった意味で以前の十七ページあとがきに引き続き、「真の理論上最高値」あとがきだと思います。三ページあったら、流石《さすが》に十六ページ増量はもうやらないと思いますから。凄く微妙《びみよう》なページ数、最終巻の二ページ。一ページと違《ちが》って書けないこともないから、あとがき増量の決断に関して本当に私の責任になってくる、いやらしい最悪の数字、二ページ。

担当さんの、

「二ページという選択肢もありますけど…………………ねぇ？」

というあのニュアンスが頭を離《はな》れません！　皆さんもう一度訊《き》きます！

あとがきのページ数って、作家に選択肢あると思いますか？　真の真の答えは、「めるってことにされている」です！　もうこうなったら、むしろ二ページでやってやろうかとも思ったんですが……。

先程《さきほど》、悲壮《ひそう》な決意とともに、リポ○タンDを飲み干しましたよ。

さて、そんなわけで、ようやくあとがきです。ページ数嘆《なげ》くのもうやめます。冗談《じょうだん》めかしてはしまいましたが、結局私の責任でこんなページ数のあとがきになってしまったのは事実なので、出来るだけ、本編だけが好きな方も興味深く読める情報をお届け出来ればなと思います。となると、最終巻であることも加味して、私のプライベート話なんかじゃなくて生徒会というシリーズについてが妥当《だとう》だと思うのですが……この行書いている現時点で、頭に何も浮《う》かんでないです。うぅ。頑張《がんば》れリ○ビタンD！

では、普通《ふつう》に刊行の流れを追いつつ、語ることあれば語る形式でいきます。

まず、全《すべ》ての始まりは『生徒会の一存《いちぞん》』刊行――と思いきや、実はその一ヵ月前にドラゴンマガジンで「生徒会の零話《こぼればなし》」という短編が掲載《けいさい》されているので、こっちが真の始まりだったりはします。私もつい最近まで忘れていました。そういえばブログにもお試し短編載《の》っけましたっけね。

シリーズ立ち上げという部分で語りますすと。何度か言ってますが、前作が終わった直後はドシリアスな長編新作を当時の担当さんに見せたものの、もう少し明るくという指摘《してき》が多く、しかしそうすると話の根本を変えなきゃというレベルでしたので、だったらと「根本からして明るい」というコンセプトのもと立ち上げたのが、生徒会の第一話でした。

プロットとか書かない……というか生徒会に関してはあらすじ書いてもなにも伝わらないタイプの話だと思ったので、いきなり第一話を書いて担当さんに提出しました。

ちなみにこの形式は今もそのまま受《う》け継《つ》がれておりまして、生徒会は基本、殆ど私の独断だけで書かれています（担当さんには申し訳無いです）。前作の時もちょっとそういう部分はありましたが、どうしても「プロットじゃ伝わらない部分がでかいなぁ」と思ってしまい。だって生徒会、企画《きかく》段階でプロット提出したら……。

・ちびっこ生徒会長が名言言います。パクリです。基本ずっとパクリです。

・ハーレム思想の主人公が出て来ます。エロゲを熱く語ったりします。

・残りの生徒会メンバーも全員美少女です。ドSと熱血と引きこもりです。
・会議します。ちょー面白い予定です。読者大爆笑《だいばくしょう》です。凄く面白いです。完璧《かんぺき》です。
・終わり

担当「なめてんのか」

　で終わるじゃないですか！　どうやって書けばいいの、生徒会のプロット！　当時はこういう「日常モノ」も殆どなかったですし！

　そんなこんなで、今も生徒会はプロットなしでいきなり本編書きます。ただそれはそれで問題も出てくるわけで。一番の問題は、作者でさえも「話のクオリティが事前に読めない」ことでしょうか。生徒会って「議題」を決めてから書くのですが、思いついた当初は「この議題は面白くなるぞー」と思えても、いざ書き出してみると意外と役員達が盛り上がれないことがあって。そういうのが提出以前に自分判断でボツになり、結果、世にでない原稿《げんこう》がこんもりと……。
　逆に「この議題はなぁ……」と思って書きだしたのに、蓋《ふた》を開けてみたらとても盛り上がるケースもあるので、生徒会は不思議です。そもそもこのシリーズ自体が、「こんなにノープランで書き出していいのかな——あれ？　意外といけるかもしれない」みたいな始まり方しているので、各話ともそういう風な属性になってしまうんでしょうね。

そういった意味で、ベタな話ではありますが、「キャラが勝手に動く」が顕著《けんちょ》な作品かもしれません。作者が面白いと思う議題を、役員が面白いと思うかは別みたいです。

さて、そんなこんなで立ち上がったシリーズですが、一巻出る前は当然の如《ごと》く編集部内でも賛否両論……というか、ぶっちゃけ「大ヒットか即死《そくし》かのどっちかだろうね」みたいな状況《じょうきょう》だったようです。うん、分かります、そりゃそうだ。

ただ、狗神《いぬがみ》さんのイラストを見た時に、「うわ、凄い！」となったので、私自身はそこで自信をつけさせて頂きました。狗神さんには様々な面で感謝しております。

結果的には様々なことに恵まれ、二巻、三巻と順調に続けていくことが出来るようになりました。

…………。

……正直五巻ぐらいで終わるつもりでしたが……。

でも、おかげで卒業までしっかり描《えが》けたことを考えると、十巻は丁度良かったです。

…………。

……番外編七冊はやっぱり多い気がするけど……。

こ、こほん！

あ、勘違《かんちが》いしないで欲しいのは、全部ちゃんと楽しく書きましたよってことです。そりゃ分量の多さは相応に辛《つら》いですが、生徒会シリーズほど書いていて楽しい小説も中々ないですから。なんせ凄く自由なもんで。

ちなみに、読み返すとやっぱり個人的には一存、二心《ふたごころ》がまだカタいなぁと思います。三《さん》振《しん》から、大分今の生徒会になった感じはするんですが。

理由としては、一存、二心は殆ど続けざまに……一存出る前に書いてまして。三振は、シリーズが世に出てからなので、人に感想貰って初めて気付く「あ、生徒会ってそういう作品なんだ」みたいな部分が反映されているんだと思います。

ま、まあ、物語の解釈《かいしゃく》的には、生徒会メンバーがまだ会ったばかりのため、完全に打ち解けるまで二巻かかった、と思っておいて頂ければ……うん。

四散《しさん》はタイトルの通り、椎名《しいな》姉妹の転校話なんかで生徒会の終わりが見えてくる内容でしたが、書いている側《がわ》もそんな感じで、ここら辺で「シリーズとしての終着点」は完全に見据《みす》えられていたと思います。十巻構成となったのが具体的にいつなのかは、ちょっと忘れてしまいましたが。

で、五彩《ごさい》。異色の表紙の巻です。すったもんだあったは、あったんですが、とはいえ割とすんなり杉崎《すぎさき》に決まったという側面もあります。単純に、順番的に彼でしたし。内容的にも彼でしたし。勿論《もちろん》、女の子がいいという意見は本当にその通りで、その気持ちも物凄く分かるのですが、一方で「生徒会読者の方は面白がってくれる人、多いんじゃないかな」という信頼《しんらい》のもと、彼の表紙になりました。これまた、格好良く描いてくれた狗神さんにホント大感謝です。

というかこのシリーズにおいて狗神さんは常にドラ○もん的な存在で。

担当「狗神さぁ〜ん、なんかジャイ○ン（葵）がまた妙な小説提出してきたよ〜！」

狗神さん「ちゃらちゃちゃっちゃちゃー。『素晴《すば》らしい表紙&挿絵《さしえ》〜』」

担当「やったぁ、これでし○かちゃん（読者さん）にモテモテだぁ〜！」

みたいなやりとりが十七冊分（現時点で十六冊分）あったと考えて頂ければ正確です。

……もうホント、足を向けて寝《ね》られないです……。

さてそんなこんなでシリーズも折り返し地点を過ぎ。あとがきページ数も折り返し地点を過ぎまして。

ここで、番外編の方の話もしますすと。

あっちはあっちで、最初はドラマガ読者さんに「生徒会ってこんな話ですよ〜」とアピールするために載せていたものなので、結局生徒会が喋《しゃべ》るという部分において差別化はしていなかったんですが。

ドラマガに付録で小説付けるとなった際に勢い余って百ページ以上書いてしまったのが原因で、二年B組シリーズが始まり（後で訊《たず》ねたら、普通の短編の分量ぐらいで依頼《いらい》されていたみたいです、本来。……知らなかったんだもん）。

で、二年B組をやってみると、本編と違うことが描けていいなアリだなとなり、短編集は段々独自の路線（脇役《わきやく》ピックアップ、ここだけのキャラクター、外の活動等）を描くことになっていきました。ちなみにそれでもたまにオーソドックスな生徒会が収録されているのは、アニメ化やなんかでドラマガに新規の読者さんが入って来るタイミングで、分かりやすい生徒会を書き下ろしていたためです。

で、話を本編に戻《もど》しまして。

六花《りっか》以降は「卒業編」が始まるわけですが、ここからはもう速かった印象です。勿論、本編刊行ペース的には間が空いてしまったりはしたんですが、執筆《しっぴつ》作業としては「卒業」という最終目的地が見えてきていたので、そのまま走り切れたと言いますか。

会長の過去話が九重《ここのえ》に収録されたのは、作者的にも少し意外でした。気付いたら流れでそうなってました。一番最初に過去話来ていてもいい人なんですけどね。

ちなみに最終巻は当然のように卒業式オンリーですので、ある意味シリーズ要素という部分で一番苦労しているのが実は九重です。十代《じゅうだい》の内容を卒業式に絞《しぼ》るため、あの巻で大体の語り残していることに決着をみるようにしているので。

逆に飛鳥《あすか》が出てくる七光《ななひかり》なんかは、引っかき回しまくる巻なので、書いていて楽しかったです。枯野《かれの》ツンデレ化の八方《はっぽう》も好きです。

ちなみにシリーズ途中《とちゅう》には様々なメディアミックス……主に漫画《まんが》化やアニメ化をして頂き、それらによって、逆に作者自身が「生徒会とは」というものをしっかり意識させて貰《もら》え、凄《すご》くいい刺激《しげき》になりました。なんだか、元は自分の書いた作品なのに、他《ほか》の媒体《ばいたい》で見ると全然違うイメージ抱《いだ》くものなんですね。生徒会はキャラが好き勝手やる話の特性上、特にかもしれませんが。

さて、そうしてこの十代。生徒会の卒業だけに焦点《しょうてん》合わせて、描かせて頂きました。卒業式の描き方は何度か試行錯誤《さくご》して、今のカタチになっております。普通に地の文入れた小説方式がいいのか、それとも……と。楽しんで貰《もら》えていたら幸いなのですが。

各ギャグ短編につきましても、長い期間あっただけに気合いを入れて描かせて貰いました。勿論毎回気合いは入れているんですが、特にという意味で。しかし生徒会は前述しましたように、考え抜《ぬ》いた作品が面白《おもしろ》くなるとは限らないというのが難しいところです。なので、テーマにそって書いてみて、面白いやりとりになってたら採用、なってなければ消すを、他の巻以上に繰《く》り返している巻です。……ホント効率悪いですね、申し訳無い。

あ、ここから先は十代や未来の話題等に入りますので、内容ネタバレはありませんが気になる方は本編読んでから来て頂けると幸いです。

さて、十代を既《すで》に読まれた方は、楽しんで頂けたでしょうか。物語の終わりはいつもどうしたってもの悲しいものですが、それでも、少しだけでも「前に進んで良かったな」と思って貰える部分がこの巻にあれば、幸いです。

生徒会の物語が語られるのはこれで終わりですが、その後の彼らもきっと楽しく過ごしているんだろうなとたまに想像して頂けたら、こんなに嬉《うれ》しいことはありません。

…………。

すいません、ちょっと嘘《うそ》つきました。いい話風に嘘つきました。

皆《みな》さんお分かりのことと思いますが、実際まだ「生徒会の土○」という番外編が残っていまして、そこでは、まあ会議ではないんですが、生徒会も描かれています。

っていうか、ぶっちゃけ卒業式直後が描かれております。

流れなので予告してしまいますと、土○では卒業式の二次会の模様が延々描かれているという、前代未聞《みもん》の「ただの飲み会記録」が収録されているので、一応、生徒会のその後は描かれているのです。生徒会単体じゃなくて、碧陽《へきよう》生徒達の後日談、ですが。

なんかしんみりお別れみたいな挨拶《あいさつ》した後にすいません。

番外編の総括《そうかつ》でもあるだけに、サブキャラ総登場のノリでやっていますので、しんみりしたラストとはまた別の、「らしいラスト」も楽しんで頂けたらよいなと思います。

ちなみに発売日は……ちょっと先になります。内容自体は出来ているんですが、色々と事情がありまして。まったり、そのうち後日談……じゃなくて同日談出るんだなーと思っておいて下さい。

なんか、彼らの物語が完全に終わったわけじゃない感が少し出てて、いいかもしれませんね、こんな刊行順も。

そして。えーと……も、もう一つだけ、微妙《びみょう》に嘘ついてました。実は……。


「新生徒会」の物語――杉崎のその後が、番外編として、出ます。


ここで一応注意しておきたいのは、これはあくまで「アフター」や「番外編」であって、「新シリーズ」ではないということです。なので、何冊も何冊もということじゃないです。ボリューム的に上下巻になりそうなので、複数冊にはなってしまうんですが。

イメージ的には、エロゲのファンディスクでいいと思います。いや勿論エロあるわけじゃないですけど。ボーナストラックみたいな。……いやそれもおかしいか。本編ヒロインの話じゃないわけだし……。

前述したように、生徒会の後日談というよりは、杉崎の後日談ですので、本編ヒロインがガッツリ絡《から》むような物語じゃないです。一癖《ひとくせ》も二癖もあるどころじゃない新しい生徒会のメンバー達と、たった一人碧陽で奮闘《ふんとう》するハメになった杉崎の記録です。そういう意味じゃ、最初から仲むつまじくボケの応酬《おうしゅう》をしていた前生徒会のノリでさえないです。
そんなわけで、色んな意味で生徒会とは別種の超《ちょう》ド級後日談「新生徒会の一存」(仮)上下巻も、よろしければ、ご一読下さい。しかしこれまた発売日は未定です。少なくとも当然土〇の後にはなります。土〇で告知出来ればと思います。

——と、そんなこんなで、もう十六ページ弱消化したじゃないですか！ なんてこったい、やれば出来るもんですね、十八ページあとがき！ 今回どうでもいい話題に逃《に》げてもいないし！ 凄いぜ葵せきな！ もう世界あとがき選手権上位に食い込める勢いだぜ！ ただその選手権絶対出たくないけど！

では、この辺でシリーズ通した謝辞を。
まず狗神煌《きら》さん。毎巻、本当に素晴らしい表紙・口絵・挿絵をありがとうございました。狗神さんのおかげで「生徒会の一存」は本当に恵《めぐ》まれた、幸せなシリーズでした。私自身毎巻イラストが送られてくるのが楽しみで、このシリーズを書き続ける大きなモチベーションの一つにさせて頂いておりました。

本編は終わってしまいましたが、残りの番外編もよろしくお願い致《いた》します。

次に担当さん、そして前担当さん。前述しましたが、このシリーズでは終始私の好きに書かせて頂いてしまい、申し訳ありませんでした。プロットも出せずなにかと予定の立てづらい中、それでものびのびと生徒会を書き続けることが出来たのは、お二人のおかげです。メディアミックスやイベント事等、何かと執筆以外の仕事も多いシリーズでしたが、こんな執筆以外何も出来ないような人間がここまでやってこられたのは、偏《ひとえ》にお二人のサポートのおかげです。

……まあ、これまた番外編や新シリーズなんかで今後もお世話になりますので、これでお別れみたいな挨拶も変ですよね。これからもよろしくお願い致します！

そして、遂《つい》に生徒会シリーズ最終巻までお付き合い頂いた読者様方。生徒会によるくだらないことだらけの日常はお楽しみ頂けたでしょうか。彼らのやりとりの中に、気心の知れた者同士で過ごす時間の楽しさ、そしてなんでもないと思っている日々の価値、みたいなものを少しでも感じて貰えたなら、これほど嬉しいことはないです。

まあ今言った真面目《まじめ》なテーマみたいなのは後付で、ホントのところはただ笑って、そしてちょっぴり切なくなって貰えたらいいなと思うんですが。どうでしたでしょう。

次回作の話なんかは、また番外編のあとがきで詳《くわ》しくさせて下さい。どんなものになるか具体的に決まってはいないのですが、生徒会とはまた違った方向性のものを、しかしここで学んだ大事なことは活《い》かすカタチで描《えが》いていければなと思っております。

生徒会本編で会うことは、これで最後になります。今まで彼らの物語……そして長い長いあとがきへのお付き合い、本当にありがとうございました！

出来ればまた、番外編、そして新作でお会い致しましょう！

それでは、生徒会、そして皆さんの道行きが希望に満ちていることを願いつつ。

葵　せきな

富士見ファンタジア文庫

生徒会《せいとかい》の十代《じゅうだい》

碧陽学園生徒会議事録10

平成24年1月25日　初版発行
平成25年1月20日　再版発行

著者——葵《あおい》せきな

発行者——山下直久

発行所——富士見書房
〒102-8144
東京都千代田区富士見1-12-14
http://www.fujimishobo.co.jp
電話　営業　03(3238)8702
　　　編集　03(3238)8585

印刷所——暁印刷
製本所——BBC

ISBN978-4-8291-3719-2 C0193

第26回 冬期・夏期
ファンタジア大賞
原稿募集中!
通期
大賞 300万円
準大賞 100万円
各期
金賞 30万円
銀賞 20万円
読者賞 10万円
締め切り
冬期 2013年2月末日
夏期 2013年8月末日
最終選考委員
葵せきな(生徒会の一存)
あざの耕平(東京レイヴンズ)
雨木シュウスケ(鋼殻のレギオス)
ファンタジア文庫編集長
★大賞&準大賞は大賞決定戦で決定
ビリビリ来るの、
送りなさい!
第23回大賞&読者賞
「ライジン×ライジン」
初美陽一
&
パルプピロシ
投稿も、速報もココから!
ファンタジア大賞WEBサイト
楽々オンライン投稿で「ライジン×ライジン」に続け! 一次通過作品には評価表をバックします!!
http://www.fantasiataisho.com/
★ラノベ文芸賞も独立募集開始!
※紙での受け付けは終了しました